雪《せっ》中《ちゅう》花《か》

とりかえばや物語異聞

東めぐみ

郁朋社

雪中花／目次

装丁／根本　比奈子

雪中花

——とりかえばや物語異聞——

水仙

いろいろな種類があり、最もポピュラーなのが〝日本水仙《にほんずいせん》〟。別名〝雪中花《せっちゅうか》〟。雪の中でも春の訪れを告げる花。

花言葉――想い出、記念、持って生まれた資質、優しい追憶、高貴な美人、飾らない心、素朴、気高さ、神秘。一月二日、二月九日、三月四日、四月三日の誕生花。但し、花の種類によって日にちが異なる。

花《はな》惑《まど》い

少年は、いつも小さな背中を追いかけていた。自分と同じ歳の従弟は気紛れで、今、独楽回しをして遊んでいたかと思えば、次の瞬間には双六がしたいとせがむ。

自分とわずか半年違いで生まれたこの従弟は相当の我が儘屋であったが、彼はこの小さな従弟が嫌いではなかった。むしろ、常に自分が側に居て、この子を守ってやるのだ、という義務感に駆られていた。

彼等は、いつ、どこに行くのも一緒だった。

——成清《なるきよ》。今日は何をして遊ぶ？

そう訊ねられるのを、心のどこかで待っていたような気がする。

従弟もまた彼を実の兄のように慕ってくれた。だから、特に父に言い聞かされていなくとも、自らの生命を賭して小さな従弟を守るのは当然のことだと幼心に思っていた。

たとえ従弟が一天万乗の君と呼ばれる尊《たつと》い身の上でなくても、従弟が従弟である限り、成清にとっては小さな従弟はいつも守らなければならない存在だったから。

だが、その日は、何かが少しだけ違っていた。

従弟が悪戯心を起こして、行ってみたいとせがんだ場所は、洛外の大原野だった。

「主上《うえ》、そのような遠方に我等だけで行くことは叶いませぬ」

むろん、まずは途方もないことを言い出した従弟を諫めねばならない。それも従弟の傍にいる成清の大切な役目なのだ。

それでも従弟は、利かん気な顔で首を振り続ける。

「大丈夫だ。私は乗馬は得意だし、成清だって馬に乗れる。二人だけで何とかなるさ」

その言葉に負けて、成清はついに遠出を承知してしまう。従弟は愛馬の鹿毛に、成清は白馬に跨り、都大路を全速力で駆け抜けた。

従弟の気紛れで禁裏を抜け出すのは、これが初めてではない。禁裏をぐるりと取り囲む築地塀には子どもであれば何とか通り抜けられそうなほどの小さな破《や》れ目がある。そこは、二人だけの秘密の抜け道であった。

この道を使って、二人は何度か町に出たことがあった。露店が建ち並ぶ市の賑わいをひやかし、貴族の子弟のなりをして夕刻まで心躍るひとときを過ごした。

洛外は遠い。それでも昼過ぎには大原野に到着し、二人は緑豊かな田園風景を眺めながら、ひと息ついた。

幸いにも、二人の眼前には小さなせせらぎが流れている。馬の呑む水には不自由しない。

二頭の馬に川でたっぷりと水を呑ませ、それぞれ手近な樹に繋いだ。成清が乗りこなす白馬には従弟が〝白妙《しろたえ》〟という名を付けてくれた。雪のように真っ白だから、この名を思いついたのだと、その時、従弟は途方もない妙案を思いついたような得意気な表情で厳かに名を告げたものだった。

二人は川辺に並んで座った。ふと、従弟が視線を動かした。その先を辿ると、小高い丘の頂《いただき》に向いている。

「あそこに登ってみたい」

成清の不安が的中した。

「なりませぬ」

即座に言っていた。

「何故だ？」

従弟が頬を膨らませる。

「今朝までの雨で下草も濡れ、滑りやすくなっておりましょう。あのような高い場所にお上りになるのは大変危険です。今回はどうかお諦め下さい」

「成清はまるで男乳母《おとこばあや》のようだな。いつも私が何かしようとすれば、必ず、それはなりませぬ、あれもなりませぬと煩い」

「私が男乳母ですと？」

成清が黒い瞳を見開いた。

「そうだ、式部卿とて、そなたほど口煩くはないぞ。もっとも男乳母がいつも側にいて私にあれこれ言うゆえ、本来の乳母は何も言わずにいてくれて、かえって助かるがな。男乳母と乳母が同時に煩く言い出したら、到底、耳を塞がねばならないだろう」

式部卿局というのは、従弟の乳母を務める女性だ。式部卿宮と呼ばれ、先々帝の曾孫に当たる人の妻である。従弟が生誕したその瞬間から、ずっとお側去らずで育ててきた女人である。

「男乳母で悪うございました。されど、成清は主上の御身をお守り致すためであれば、いかほどでも口煩くなりまする」

そう言う成清も不服げにむくれている。それを見た従弟は声を上げて笑う。

「気を悪くしたのなら、謝る。だが、そなたが幾ら止めたとて、今日ばかりはきかぬ。なに、すぐに戻って参るゆえ、そなたはここで待て」

従弟は事もなげに言い、小柄な身体をパッと翻し、駆けていった。止める間もなく、成清はただ息を呑んで小さな身体が弾む毬のようになだらかな丘を駆け上ってゆくのを見守っているしかなかった。

「成清、そなたも来てみよ」

ほどなく丘の頂から従弟が手を振る。

成清はその言葉にいざなわれるように、丘を登った。見かけよりはなだらかで、なるほど、この程度の高さであれば、十歳の少年が登るのは容易いと言えた。

丘は一面の野原になっていて、昨日から一晩降り続いた雨のせいで濡れそぼっていた。

そこここで露草が可憐な蒼い花を咲かせていた。

成清は両手をひろげて、その場の空気を胸一杯に吸い込んだ。微かに雨と湿った土の香りを含んだ大気が流れ込んでくる。

人間関係の複雑な宮仕えの憂さなど、どこかに霧散してゆきそうだ。

知らず、成清は両手を水平に伸ばしたまま、その場をくるくると舞うように回っていた。

まるで生まれ変わったような清々しい気持ちだ。そんな成清を、従弟は少し眩しげな眼で見つめている。

「成清、良いものを見つけたぞ」

ふいに従弟の声に現実に呼び戻され、成清はハッとした。

見れば、従弟が丘の頂に跪き、身を乗り出すようにして下を覗き込んでいる。こちらから見ると緩やかな斜面のように見えるが、崖の向こう側はかなりの急な切りたった崖のようだ。

「なりませぬ、主上！」

成清は狼狽えて従弟の傍に飛んでいった。

従弟が何をしようとしているのかはすぐに判った。崖っぷちの少し下に、ひときわ蒼い花が群れ固まって咲いている。露草には相違ないが、その蒼さは、他のものとは比較にならないほど深く、まるで夜明け前の空を思わせるような色合いであった。そんな美しい色をした花がひと塊になって咲いているのだ。

「あれをそちに取ってやろう」

従弟が手を伸ばす。小さな身体を極限まで伸ばしている。わずか半年先に生まれた成清の方が、従弟よりはわずかに背が高い。

　従弟はいつも自分の体軀が貧相だと言って、気にしていた。だが、帝王にとっての徳とは外見で決まるものではない。むしろ民を心から思い、労る心こそが大切なのだと成清はいつも従弟に話していた。

　成清は従弟が落ちないように、その身体を背後から慎重に支えた。

　あと少しで手が届きそうなところで、従弟の身体がグラリと揺れた。

「あっ」

　成清が悲鳴にも似た声を上げる。

「う、主上《うえ》」

　成清の声を合図とするかのように、二人の身体がもつれ合うようにして落ちてゆく。

　それは、さながら二本の花が落下してゆくのにも似た光景であった。

　地面に打ちつけられた刹那、成清は身体が灼けつくような感覚に囚われた。それでも、気丈にも意識を保とうとし、首を巡らせて周囲の状況を確認する。

　少し離れた前方に、やはり投げ出された格好で従弟がうつ伏せていた。しかし、落ちる瞬間、成清が従弟を庇ったので、従弟が直接、地面に叩きつけられることはなかった。その代わり、成清は従弟の下敷きとなって地面に落下したのだ。

　右脚に鋭い衝撃と痛みを感じたところまでは憶えている。それに、頭も何だかぼんやりとして、視界も霞がかったようにぼんやりとしていた。

だが、従弟が無事なのなら、それで良い。成清の務めは、従弟を守ること。従弟が無事だというのであれば、たとえこの身がどうなろうが、それは二の次だ。

生温い液体が口から溢れた。鉄錆びた味が口中にひろがり、改めて、それが血なのだと思い知る。出血しているのは、口からだけではないらしく、頭部からも生温いものがどくどくと溢れ出しているのが判った。溢れ出た血が眼に流れ込み、視界を緋色に染める。

――私は、ここでこのまま死ぬのだろうか。

生命の危機に瀕しているかもしれないというのに、何故か他人事《ひとごと》のようにぼんやりと考えた。それでも、悔いはない。誰よりも大切だと思う従弟を、小さな可愛い従弟を守り抜くことができたのだから。

帝をお守りすることこそが、我ら藤家《とうけ》に生まれた者の務めなのだと成清に言い聞かせてきた父は、自分をよくやったと賞めてくれるだろう。

いや、賞賛も賞め言葉も何も要らない。

ただ、あの方がご無事でありさえすれば。

「成清ーォ」

どこかで従弟の振り絞るような声が聞こえるのは、気のせいだろうか。

ああ、眠い。まるで身体が鉛と化してしまったかのように重く、だるい。強く打ちつけた身体全体が燃え盛る火の塊となったかのような熱を帯びて痛みを訴える。

「成清、成清ッ。しっかり致せ」

耳許で必死に呼び続ける声が聞こえる。

誰だろうか、この声は。もう、自分を呼ばないで欲しい。このまま眠りに就かせて欲しい。たとえ、永遠に目ざめることがなくても構わないから、その代わりに、あの方が治めるこの日の本の国のいやさかを約束してくれないだろうか。

あの方がこれからお歩きになる帝王としての道が輝かしいものであることを心から願わずにはいられない。

成清の意識はスウと深い底なしの闇に吸い込まれた。


雪が、降る。

はらはらと、ひらひらと、まるで春に花開く薄紅の花びらのように風に舞い、流されてゆく。つと顔を仰のけると、幾重にも重たげに折り重なった雲間からひとすじの光が差している。その細い光が風に舞い踊る雪の花びらを照らしている光景はこの世のもとは思われなかった。

やがて、気紛れな太陽はすぐに雲に隠れ、辺りは森閑として静寂だけに包まれる。雪がすべての物音を消し去ってしまったのではないかと思われるほど、周りには静まり返って無の世界がひろがっている。

それこそもう二十日もすれば、本物の桜花が咲こうかというこの季節に雪が降ることは滅多とない。

そういえばと、五百重《いおえ》（成清）は思い出す。母塔子《とうこ》もまた、季節外れに降る雪を殊の外好み、愉しみにしていた。元々身体があまり丈夫でない母は、いつも北ノ対（当主の正室が住まう対屋）の寝所に引きこもっていた。身体の芯まで凍えそうなほどの寒さにも拘わらず、雪の降る日は蔀戸をすべて開けさせ、寝床の中から雪を眺めていたものだった。

五百重は五感のすべてを耳に集中させる。そうやっていると、たとえ眼は見えずとも、降りしきる雪の音や、時折、風が裸樹を揺らす微かな音さえもを聞き取ることができた。

いや、実際には雪の降る音などないのだが、五百重は静謐さの中に潜むわずかな動を感覚で察知できるのだ。

光を失ってから、もうどれくらいになるだろう。それほどに昔のことになってしまった。

五百重は今もあの時、己れが取った行動を後悔してはいない。帝の御事は我が生命よりも大切だと幼時から心に固く思い定めていたし、何かあったときには我が身を賭してお守りするのだと覚悟していた。

五百重が失明した時、既に母塔子がこの世を去っていたのは、不幸中の幸いであったといえるだろう。母はそれでなくとも五百重のゆく末を案じてばかりいた。

姫として生まれながら、男として育てられた五百重の宿命《さだめ》を苛酷な重いものと受け止め、姫しか生むことのできなかった自分を責めてばかりいた母。父は母を心底から愛していた。五百重を生むときだって、塔子は生命賭けだったのだ。薬師からはただ一度きりの出産ですらも身体の弱い塔子には到底耐えられまいと告げられた。

当然、父は母に子どもを諦めるように勧めた。

——子はおらずとも、私にはそなたさえ居てくれれば良い。

だが、幾ら止めても、塔子は頑なに首を振るばかりだった。他のことならば従順で良人に逆らったことのない塔子が、頑として己が意思を貫き通したのである。

その結果として、五百重はこの世に生を受けた。一人しか生めないのであれば、何としてでも嫡男を生みたい。そう願った塔子の祈りも空しく、生まれ出でたのは愛らしい姫であった。

娘を息子として育てると言い渡された時、塔子は泣いた。しかし、良人に逆らいはしなかった。歴代の当主が氏長者《うじちょうじゃ》・内覧《ないらん》、そして関白太政大臣を務めてきた藤原宗家にとって後嗣は必要である。そのことを塔子は誰よりも正しく理解していた。

塔子が出産を断念していれば、良人もまた分家から養子を迎えるつもりであったが、ひとたび我が子を持てば、我が血の繋がる子に跡目を継がせたいと欲が出てくる。人として当然の情であった。

塔子が一人娘の将来を案じながらこの世を去ったのは、その五年後である。それでも薬師に言わせれば、定められた寿命よりは数年も長く生き存えたという話だった。そう、塔子は既にたった一度の出産でその生命を使い果たしていたのである。いつ生命の焔が消え果ててもおかしくはない衰弱ぶりだったというのに、塔子は意思の力だけでその身体を保っていたのだ。それは、ひとえに一粒種の五百重を思ってのことであった。

五歳で母を喪った成清（五百重）には、塔子の記憶は朧である。が、不思議とある一つの光景だけが彼女の記憶の中にしっかりと息づいていた。

季節外れの雪が降る午後、母の部屋で成清は一人、遊んでいた。幾ら挑戦しても上手く回せなかった独楽をやっと回せるようになったのが嬉しくて、母の前で何度も回して見せた。

その度に母は美しい面に優しい笑みを浮かべ、手を叩いてくれた。成清は母の歓ぶ顔が嬉しくて、飽きもせず独楽を回し続けた。

その時、部屋の蔀戸はすべて上げられ、御簾も一杯に巻き上げられていた。

――母上、このように寒いのに、お風邪を召されてしまいます。

成清が小さな口を尖らせても、母は淡い微笑を浮かべ、ただ首を振るだけだった。

あの頃、何故、母がああまで季節外れの雪に魅了されるのか不思議に思ったものだが、今なら母の心が少しは判る。

もう冬が終わろうとする頃、降りしきる雪に、塔子は我が身の儚さを重ねていたのではないだろうか。自身のやがて消えゆく生命を見ていたのではないか。

終わりが透けて見えているからこそ、季節外れの雪は余計に美しさを増し、輝いて見える。

七年前のあの日を境に、成清の運命は一転した。それまで藤原宗家の御曹司、内大臣藤原秀能《ひでのり》の嫡男として将来を嘱望されていた少年は永遠にいなくなった。まだ十歳ながら早くも従五位侍従として常に帝に近侍し、その信頼も厚かった藤原成清は死んだのだ。

成清の〝死〟と入れ替わりに誕生したのが、今の五百重であった。五百重という名は元々、生誕のときに母が自ら付けたものだ。生まれたばかりの娘を男として育てると言い切った父に、母がせめて名前だけでもと〝五百重〟という名を与えた。成清も父秀能もよもや、この五百重という名を再び使う日が来るとは夢想だにしていなかった。

遠駆けに出た帝が何を思ったか、崖に咲く露草を手折ろうとして、滑落してしまった。側に居た成清は帝を庇い、その下敷きになって落下したのだ。その事故で成清は瀕死の大怪我を負い、生死さえ覚束ない状態がひと月も続いた。頭部を強打し、意識がないままに日が過ぎ、一時は薬師からも見放されたにも拘わらず、強靭な生命力で死地を脱したのだ。

だが――、意識を取り戻したその時、成清は光を失っていた。生命と引き替えに、成清は視力を失った。また、右脚を複雑骨折したために後遺症が残り、歩くときにはかなり脚を引きずるようになってしまった。

否、と思う。五百重は成清の死とともに誕生したわけではない。元々、五百重という姫は藤原宗家には存在しないも同然の娘なのだ。五百重の存在を知る者は父と屋敷に仕えるごくわずかな者を除いては誰もいない。つまり、五百重は生きながらにして死んでいるのも同然の人間なのだ。

五百重はこの世から抹殺されたも同じだ。父秀能からさえ、自分は見棄てられている。父の変わり身は早かった。成清が失明したと判明してからわずか半年後には、後添えを迎えた。当時、三十歳であった父よりひと回り若い継室の愼子《みつこ》は成清より七歳年上という若さであった。

その翌年、愼子は第一子能清をあげ、更にその二年後には次女誠子《さとこ》をあげた。父にとって我が子と呼べるのは継室との間に儲けた能清と誠子だけであって、五百重はその中に入らない。

いつだったか、父が零していたのを聞いたことがある。

――せめて眼だけでも見えたなら、まだ使い道があったものを。

藤原氏は代々、娘を帝の後宮に納れ、娘が生み奉った皇子を次の天皇に立てることで、その外戚として権勢を欲しいままにしてきた。殊に藤原宗家の当主は帝の外祖父としてこの世の頂点に立ち、栄華を極めてきたのである。

この世をば　我が世と思う　望月の
欠けたることも　なしと思えば

父よりも何代か前の当主である藤原道長が詠んだ歌だ。父はこの道長をあたかも神のごとく信奉し崇拝しているが、成清は物心ついたときから、この歌を詠んだという祖先が好きにはなれなかった。

この歌は道長の第三女藤原威子が立后して中宮となった日に歓び極まって詠んだらしい。道長は娘に恵まれ、長女彰子は一条帝の中宮となり、後一条・後朱雀両帝の母となった。更に次女妍子は三条帝の中宮となり、禎子内親王を生み奉った。道長の野望はとどまるところを知らず、三女威子を長女彰子の生んだ後一条帝の中宮としたのである。時に中宮となった威子は良人の後一条帝にとっては叔母となり、更に数歳年長であった。

我が家から次々に三人の皇后を出し、更には帝と東宮は我が孫という輝かしい全盛期を寿いで詠んだ歌だ。

だが、この歌には道長の驕りというか、鼻持ちならない性格がよく表れている。長女彰子のときも既に中宮定子がいたにも拘わらず、道長は強引に彰子を入内させ、中宮としたのだ。これまでは一人の帝に正妻である中宮は一人という決まりがあったのに、道長は我が娘を中宮とするために定子を皇后に祭りあげ、彰子を立后させた。一人の帝に二人の后が立った始まりである。

三条帝に嫁した妍子もまた先に入内していた娍子《じょうし》を皇后に立て、妍子を中宮としたのだ。三女威子に至っては明らかに無理のある結婚であった。

我が権勢を盤石のものにするためには、手段を厭わない——道長のやり方は権力者としては当然のことなのかもしれないが、成清はどうしてもその強引さにはついてゆけない。

道長以降の藤原宗家歴代の当主たちも、皆、このやり方に倣ってきた。成清の父秀能もまた、道長に憧れ、かつて道長が手にした権勢や栄華を我が手中に収めんと野望を抱いている。父の「眼でも見えたなら、使い道もあったものを」という科白は、まさにそこから来ているのだ。政略の具として使える娘を父は持たなかった。たった一人の娘は、やむなく嫡男として育ててきたのだ。が、思いかけぬ事故で、成清は男として生きることが叶わなくなった。脚が不自由でも、眼さえ見えていれば、父は多少強引な手段を使っても、成清を後宮に上げたに相違ない。

秀能にとって、成清は最早、何の使い道もない捨て駒なのだ。男として父の跡を継ぐこともできず、女として入内することもできない。

生きながら死んでいる身となり果ててからというもの、ここ釣殿は成清にとっての指定席となった。桜咲くうららかな春、蝉の声が降る夏、紅葉が色づく秋、そして真白《ましろ》な雪が降りしきる冬も、彼女はここに座った。

吹く風を頬に感じ、その温かさ、冷たさで季節を知った。眼は見えずとも、五百重の心の瞳は様々なものを映すことができる。風に舞う薄紅色の花びらも、水面に翳を落とす紅く染まった楓の葉もあたかも真に眼にしているかのように思い描くことができた。

屋敷の片隅でひっそりと暮らす五百重を気に掛ける者は誰一人いない。父秀能は嫡子である能清と妹誠子の二人に大きな期待を寄せていた。むろん、父は誠子を帝に入内させるつもりだ。しかし、肝心の后《きさき》がねの誠子はまだ漸く四歳になったばかりのいとけなさである。到底人の妻になるどころではない。

今は五百重となった成清は、歳の離れた異母妹のことを思う度、心が痛むのだった。父にとって、確かに誠子は可愛い娘には違いない。だが、それは誠子に利用価値があるからにすぎず、仮に誠子が五百重のように利用価値を失えば、父の関心や愛は誠子からなくなってしまうだろう。そう、丁度、五百重があの事故以来、すべてを失ったように。

それに、帝は現在、御年十七。四つの誠子とは十三の年の差がある。誠子が入内できるるのは早くとも七年ほどはかかる。その時、帝は二十四、既に幾人もの妃を持っているだろう。一夫多妻は当時の不文律。しかも帝ともなれば、皇子を儲けるために複数の女人を常に侍らせるのは当たり前のことだ。

だが、男にとっては大勢の中の一人でも、女にとって帝はたった一人の良人なのだ。五百重であれば、愛する男の愛を大勢の女たちと分け合う日々など耐えられそうにもない。

それを考えれば、むしろ、父にとって使い道がなくなったことは五百重にとっては幸せなことだったのかもしれない。今だって、帝は元服の際に添伏を務めた大納言藤原安親《やすちか》の娘慈子《やすこ》を初め、数人の女御・更衣がいる。藤原宗家の当主、現左大臣秀能をはばかって立后させた妃はいないが、慈子の父安親が娘の一日も早い立后を熱望しているのは周知の事実である。また、帝自身も去年折角、第一子を懐妊しながら惜しくも流産してしまった慈子を不憫に思し召し、女御から中宮に進ませたいと考えているという。

安親は同じ藤原一族ではあっても、分家筋の当主であり、本家の秀能には頭が上がらない。目下のところ、秀能はその望みどおり、朝廷においては絶大な権力を維持している。既にお亡くなりになって久しいが、帝のご生母春陽院秀子は秀能の同母姉であった。つまり、秀能は血縁的にも帝の叔父なのだ。このように皇室はまさに身動きもできないほど血縁関係という蔓によって藤原氏に絡め取られていた。

が、広大な屋敷の奥深くで隠れ住む五百重にとって、このような政界でのあれこれは遠い話だ。五百重は日がな釣殿に座って、風の音を聞き、季節の声に耳を傾けた。部屋にいるときは、お付きの侍女の樟葉《くずは》が読み聞かせてくれる物語などに聞き入る。

そうして、日々がゆったりと流れゆくのは、けして不幸せなこととは思えない。いずれ、もう少し経って能清が妻を迎える頃には、この屋敷を出て、どこかの山に籠もり尼になろうと思案していた。どこに行ったとしても、樟葉が傍にいてくれれば、怖いものなどない。

樟葉は五百重の乳母子である。乳母を務めた左京は三年前に亡くなってしまったけれど、息を引き取る最後まで樟葉に〝姫さまのことを頼みますぞ〟と涙ながらに頼んで逝った。

樟葉は五百重よりも七つ年上で、二十四になる。すごぶる美人とは言えないが、ふっくらとした容貌が左京に似て、母ゆずりの優しい気性で五百重を包み込んでくれる。樟葉ほどの娘であれば、妻にと望む者も多いであろうのに、律儀に亡き母の遺言を守り抜き、幾ら五百重が勧めても、けして嫁ごうとはしない。

樟葉は五百重にとっては単なる使用人というよりは姉のような存在であった。

物想いに耽っていた五百重はハッと現《うつつ》に戻った。ひそやかな脚音が背後から近づく人の気配を伝えてくる。

この脚音は――。

五百重は、つと振り向く。

「良能お兄さまでしょ？」

悪戯っぽく言うと、軽やかな笑い声が響いてきた。

「何だ、つまらないな。五百重の耳の良いのはよく知っているが、どれだけ脚音を消しても気付かれてしまうね」

藤原良能、同じく藤原氏の一族だが、良能の父尚能《ひさのり》も傍流の家の当主にすぎない。だが、良能はその並外れた明晰さで帝の厚い信頼を得、父の官職を越えて既に二十五歳で従三位、参議の要職にある。帝が良能を重用するのは何もその聡明さだけによるものではない。良能の人柄――誠実さ、実直さといったものを高く評価しているのだ。

誰もが自分の立身ばかりしか眼中にない宮中において、心から国を憂え、帝のおんために働くことのできる男はそうそういない。帝に追従を並べ立てる廷臣が多い昨今、帝の行いに過ちのあったときには逆鱗に触れるのを覚悟で諫言を試みる勇気のあるのは良能くらいであった。

帝は良能のその裏表のない忠誠心を頼りにしているのだ。

「五百重は、本当にこの場所が好きなのだな」

良能は笑いを含んだ声音で言い、隣に座る。光を失ったときから、実の父親でさえ手のひらを返したような態度を取る中で、良能ただ一人が五百重に対して態度を変えなかった。良能は五百重が〃藤原成清〃であった頃と何ら変わりなく、今も隔てなく接してくれる。それが、何より五百重には嬉しかった。

成清として過ごしていた頃から、五百重にとって良能は頼もしい兄であった。良能の生母が父秀能の異母妹に当たることから、五百重と良能は実は従兄妹同士にもなる。成清が良能に対して兄のような慕わしさを憶えるのも、もしかしたらごく近しい血縁といったところからくるのかもしれない。

時折、屋敷を訪れるこの従兄との語らいを五百重は唯一の愉しみにしていた。

「このようなところにいては寒かろう」

良能がつと手を伸ばし、五百重の小さな手を取った。大きくて温かな手のひらが五百重の手を包み込む。重なり合ったその場所から徐々に温かさが身体中にじんわりとひろがってゆくようだ。

「ほら、こんなに手が冷えている」

良能が掴んだ五百重の手を自らの頬に押し当てたその刹那、五百重の白い頬に朱が散った。

「お兄さまったら」

狼狽えて手を引き抜く。心ノ臓が煩いほど跳ね上がり、トクトクと音を立てていた。

照れくささをごまかすように、五百重はあらぬ方を向いた。

「お兄さま、どうして、ここしばらくお姿を見せては下さらなかったのですか？　私はずっとお待ちしていたのに」

つい咎めるような言い方になってしまって、五百重は後悔する。良能がこの屋敷をいや自分を訪ねてくれるのは純粋な優しさによるものであって、けして意味があるものではない。良能の親切に甘えすぎてはいけないのに、自分は何ということを言ってしまうのか。

良能にまで愛想を尽かされたら、五百重は本当に一人ぼっちになってしまう。

成清から五百重に戻ったばかりの頃はまだ慣れなかった女性としての言葉遣いも身のこなしも、今ではすっかり慣れた。

今日の五百重は若い女性らしく紅梅色を基調とした襲《かさね》を身に纏っている。色の白い五百重にその色合いはよく映え、可憐さをいっそう引き立てていた。

「済まない。実は色々と立て込んでいてね」

良能は気を悪くする風もなく、いつものように鷹揚に応える。

しばらく沈黙があった。

五百重は見えない眼を良能の方に向ける。見えない分、余計に感覚が鋭いため、ちょっとした微妙な空気の変化も読めてしまうのだ。

どうも、この沈黙はいつもとは違う。常ならば、二人きりでいて何も話さないときでも、こんな風に居心地が悪くなることはないのだ。

「どうか――なさったのですか？」

あまり踏み込んではならないと思いつつも、つい訊かずにはいられない。

その沈黙は良能の意外な言葉で破られた。

「正直に白状すると、今日も父上に引き止められて、延々とお説教を聞かされていたんだ。父上もお歳なのだろうか、どうもくどくていけない」

良能の父尚能は少納言止まりで、出世もままならなかった。良能は尚能が三十八のときにできた一人息子で、尚能はこの出来の良い息子が殊の外自慢であった。

「まあ、叔父さまにお説教を？」

五百重が面白そうに相槌を打つ。

「お兄さまでも叔父さまに叱られることがあるのね」

良能が憮然として言った。

「私が叱られたというのに、姫は随分と嬉しそうだね」

「ふふ、だって、お兄さまほどのお方でも、お父上にお叱りを受けることがあるのかと思うと、少しおかしくて」

五百重が笑いながら言うと、良能もまたつられて笑う。

「五百重は私を買い被り過ぎだ。私は五百重が思うほどたいした男ではない。ごく平凡な、ただの男だよ」

ふっと良能が笑いをおさめ、真顔になる。

「姫、何故、父が私を叱ったか姫には想像がつくか？」

「いいえ、見当もつきません」

五百重が正直に言うと、良能は破顔する。

「よろしい、正直な姫らしくて良い。——姫、どうやら、私も年貢の納めどきが来たようだ」

「——それは一体、どういう意味なのですか？」

五百重が冴え冴えとした瞳をまたたかせるのを、良能は眼を細めて見つめた。

「私も二十五になった。父は私に良い加減に気ままな独り身を止めて、妻を迎えろと言っている。それで、ここひと月ばかりは、父の監視が厳しくて、なかなかこちらにも脚を向けられなかったのだよ。どうせ出かけるのなら、どこぞの女人の許に通えと」

ついに来るべき瞬間が来たのだ。しなやかな鞭で頬を打たれたような衝撃はあったが、いつかはこんなときが来るのだと心のどこかで覚悟はしていた。

「——」

五百重は押し黙った。

「五百重、少し外を歩かないか」

唐突に誘われ、五百重は眼を見開いたが、異存があろうはずもなかった。

良能と一緒にいると、不思議と心が安らぐ。まるで親鳥の翼に抱かれた雛のような気分になれるのだ。

いつしか雪は止んでいた。裾をからげた格好で、五百重は良能と並んで庭をそぞろ歩く。少し離れた場所から、侍女の樟葉が二人を見守っていた。

脚を引きずってしか歩けないため、非常にゆっくりとしか進めない。良能は五百重を労るように、そっと傍らに寄り添って歩く。一歩一歩脚を前に踏み出す毎に、さくさくという小気味の良い音が聞こえる。

少し歩いたところで、良能が立ち止まった。

雪は止んだものの、頭上にはまだ灰色の雲が低く垂れ込めている。良能が空を見上げていると、五百重がふと呟いた。

「お兄さま、雪に触らせて下さいませんか」

「ああ、判った」

良能はしゃがみ込むと、手のひらで雪を掬い、差し出した五百重の手にそっと乗せた。

「冷たい」

五百重は微笑むと、良能に言った。

「お兄さまは、眼が見えないことを不幸だとお思いになりますか？」

「それは――」

良能が応えあぐねていると、五百重は小首を傾げた。

「ごめんなさい。お兄さまを困らせるつもりはなかったの。でも、不思議なんです。私は眼がちゃんと見えていた頃、こんな風に雪に触ってみたことはなかったし、自分でも触ってみようとは思わなかった。なのに、今はこうして手で触れてみたいと思うのです。いいえ、触るだけではなくて、風の音や花の匂いを耳で聞き、鼻で嗅ぐことで、そのものを感じることができます。もしかしたら、私は見えていた頃よりも今の方が、物をちゃんと見ているのかもしれないと時々思うことがあるのです。光を失う前は、ただ物を眼に映しているだけで、その物が何であるか、どんな形をしているのかすら、ちゃんと見極めようとしなかったのですもの」

その時、良能が再びしゃがみ込んだ。何をしているのかと思っていたら、また、何かを手に握らせる。

五百重は手渡されたものを指でなぞった。

「これは、花ですね？」

ほっそりとした茎、しなやかな葉、可憐な花びらを一つ一つ丁寧に辿ってゆく。

「何の花か判るかな？」

五百重はなおも注意深く花の手触りを確かめていたが、やがて微笑んだ。

「水仙ですわね」

「流石は姫だな。ご名答」

良能が五百重にもしゃがむように促し、五百重は素直に従う。ほどなくひんやりとした感触に次いで、何かが手に触れた。

五百重は再び用心深く手を動かす。

「水仙の花が一本、いいえ、二本、三本、数え切れないほど咲いているわ」

「さっきの花はここから摘んだのだ」

「お兄さま、お心遣いは嬉しいです。でも、折角一生懸命に咲いているのに、手折ったりしては花が可哀想。そのままにしておいてやれば、まだ何日かは綺麗な花を愉しめますわ」

五百重にはその時、確かに見えていた。

降り積もった雪の間から凛として顔を覗かせる水仙が幾本も群れ固まって咲いている。

雪のように妙なる白い花に、すっと伸びた緑の葉、なよやかでいながら毅然とした佇まいは日本水仙、別名雪中花《せっちゅうか》とも呼ばれる。

雪の狭間から花を咲かせるその姿はまさに、その名にふさわしい。厳しい寒さにも負けず、慎ましやかに花開いている様は、いじらしさすら漂っているようだ。

「優しいあなたらしい言葉だ」

良能が頷き、優しいまなざしで五百重を見つめる。見つめられているのを感じ、五百重は頬を染めた。冷たい大気に晒しているはずの頬が熱いのは何故なのだろう。

「姫、私の妻になってくれないか？」

予期せぬ言葉に、五百重は見えない眼を良能に向けた。

「愕くのも無理はないと思う。だが、私は真剣に言っている。これまで独身を通してきたのも、姫の存在があったからなのだ」

五百重は返す言葉もなかった。

だが、時ここに至って、五百重もまた自分の心の奥に灯ったほのかな想いが何であるかを悟らないわけにはゆかなかった。

何より、良能に想いを打ち明けられ、こんなにも心が歓びに震えている。嬉しい、と素直に心から思える。

しかし、良能は五百重の沈黙を別の意味に取ったようだった。

「むろん、返事をすぐにと急かしたりはしない。よく考えてから、応えてくれれば良い。姫、私は父に結婚しろと迫られてからこのひと月ばかり、色々と考えてみた。私を兄のように慕ってくれるそなたに、このようなことを言うのが果たして適当なのかどうか、幾度も悩んだ。さりながら、生涯を共にするのは、やはり心から愛し求める女人でなくてはならないと思うたのだ。五百重以外に、妻は考えられない」

「お兄さま――」

五百重は呟いた。

良能の端整な顔が落胆に翳る。

「やはり、そなたにとって、私は所詮、兄でしかないのか？」

その苦渋に満ちた声に、五百重は首を振った。

「そんなことありません！　私も――五百重も、お兄さまのことが大好きです。でも、お兄さま、私はこのとおりの女です。眼も見えないし、脚だって不自由だもの。お兄さまのようなご立派な方のお嫁さんにはふさわしくない」

「馬鹿だな、五百重。もっと自信を持てよ。五百重は先刻、何と申した？　心の眼で物を見ることができるのだと言ったではないか。姫、そなたはたとえ眼は見えずとも、誰よりも曇りのない心の瞳を持ち、曇りのない心に感じたままのものを映すことができる。そなたのその素直さ、賢さ、優しさに私は惹かれる。幼い時分――そなたがまだ成清と名乗っていた頃より、私はそなただけを見つめていたのだ。もっとも、その頃は、そなたが姫だとは知らなかったゆえ、自分が到底、実ることのない片恋をしているのだと思い込んでいたが」

「でも」

まだ何か言おうとする五百重を良能が引き寄せた。

「それでもまだ不安だというのなら、これからは私がそなたの眼となり光となり、ゆく手を照らそう。私がそなたの脚となり杖となり、支えよう。生涯、そなたの傍にいて全力で守る。もし、そなたが私のことを見るのもいやだというほど嫌いでないのなら、真剣に考えてみてくれ」

「――嬉しい、お兄さま」

五百重の瞳に澄んだ涙の雫がきらめく。

この世から抹殺され、生きながら死んだも同然の我が身に、御仏が下された出逢いだった。心から慕う男から、こんなにも真摯な想いを伝えられた――。

五百重は良能の胸に頬を押し当てた。温かなぬくもりが五百重の凍えた心を溶かしてゆく。七年前、あの不幸な事故の日から、五百重の心は凍ったままだった。親からも見棄てられた身は取るに足りないものだと考え、いつも息を殺してひっそりと生きてきたのだ。

父秀能を恨んだことは一度たりともないが、やはり、役立たずになった途端、見向きもされなくなったのは哀しかった。娘として淋しかった。

こんな自分でも必要としてくれる人がいる――そう考えただけで五百重は涙が出るほど嬉しかった。五百重は大好きな良能の腕に抱かれ、泣きじゃくった。七年前から凍ったままだった心が少しずつ、溶けてゆく。哀しみのあまり零す涙は冷たいのかもしれないけれど、温かな涙は哀しみではなく、歓びから生まれるもの。

歓びの涙は五百重の冷えた心を優しく包み、綻ばせていった。七年間、止まったままだった刻が再び動き出したように思えた。

花の別れ

従兄の良能から思いがけず求婚された日、五百重の人生はまた一つの転機を迎えた。

その数日後、良能は改めて屋敷を訪れ、父秀能と対面し、正式に五百重との結婚を申し込んだのである。最初、秀能は随分と驚愕しているようだった。

——そなたの申し出は親として大変嬉しいものではあるが、この娘は何分——。

言いかけた秀能をキッとした視線で見据え、良能は最後まで言わさなかった。

——姫にもそのことはお話ししました。これから後は、私が姫の眼となり、脚となり杖ともなりましょう。どうか、その点はご懸念なされませぬように。

盲目であることや脚が悪いことを実の父親から言われるのは辛いことに違いない。良能は五百重の心を思いやって気勢を制したのである。

——そなたがそこまで言うのならば、私としては異存は何もない。不束な娘ではあるが、末永う頼む。

　むしろ、父にしてみれば、一生日陰者として居候となるしかない身の娘が思いがけず嫁ぐことが叶い、僥倖であったろう。

　ましてや、良能は帝のおん憶えもめでたい、将来の出世頭と目されている前途有望な公達なのだ。娘がその妻に望まれるのであれば、両手《もろて》を上げて賛成するどころか、踊り出したい気分だったのではないか——と、五百重はしかつめらしい顔で座っている父の心中を想像した。

　暦は皐月に入り、日中は少し動いただけで、はや汗ばむほどの陽気になった。五百重の部屋もこの時節とて、部屋の蔀戸を上げ、少しでも涼しい風が吹き込むようにしている。

　と、廊下をパタパタと小さな脚音が軽やかに駆けてくる音が響いた。

　傍らに控えていた樟葉がにっこりと微笑む。

「姫さま、どうやら、お待ちかねのお客人のようにございますわね」

　それまで『落窪物語』を朗読していた樟葉がつと立ち上がる。『落窪物語』は継子苛めに遭った姫君が様々な困難を乗り越え、最後には想い人と結ばれるという話で、今、貴族の子女の間で流行っているものだ。

　ほどなく、小さな童女が弾む毬のような勢いで部屋に駆け込んできた。

「お姉さま。今日は、お見せしたいものがありますのよ」

　まだ四つの誠子はませた口調で言って、五百重の前に座り込む。

「誠子さま、そのように走ってはなりませぬ。また、お咳の発作が起きますよ？」

五百重は優しく諭すように言い聞かせる。

今、五百重の前にいる幼女は、言わずと知れたこの屋敷の二の姫、継室慈子の生んだ異母妹である。

継母の慈子は、あらゆる意味で強烈な女性であった。どちらかといえば、五百重の記憶に残る母塔子は伏し目がちの大人しやかな人だったが、慈子はその名前に反して、気性が烈しい。姫でありながら嫡子として育てられたのに、怪我が因《もと》で用済みとなった先妻の忘れ形見など、見るのも厭わしいという態度を最初から隠そうともしなかった。

樟葉は「何と無礼な女でしょう」と憤っていたが、五百重は、特に何も怒りも哀しみも感じはしなかった。実の父親ですら、役に立たないと判れば、あっさりと切り捨てるのだ。血の繋がらぬ継母に対して、優しさを求める方がどうかしているだろう。

それに、同情や憐憫の眼で見られるよりは、慈子のように最初から拘わり合いになろうとしない方がいっそ清々しくて良い。という案配で、継母と五百重は同じ屋敷内に暮らしながら、殆どまともに話したことさえなかった。

異母弟の能清は慈子に似て、細いつり眼が狐を連想させるような少年だ（但し、これは樟葉の感想なので、いささか割引いた方が良いかもしれない）。まだ六歳だというのに、子どもらしい可愛らしさなどとは縁遠く、遠くから五百重を見かけても穢らわしいものでも見たように、さっさと逃げてゆく。

慈子や能清に比べて、誠子は殊の外愛らしい姫であった。これも樟葉に言わせると、幼い頃の五百重に瓜二つらしく、五百重の部屋にも再々遊びにくる。誠子が五百重と仲好くするのを、慈子は好まない。ゆえに、誠子は黙って一人で抜け出してくるのだが、見つかる度に、慈子にお目玉を食らっているようだ。

それでも、誠子は五百重を姉として慕う。そんな誠子が五百重は可愛くもあり、いじらしくもある。誠子が遊びにくると、五百重はひいな遊びをしたり、貝合わせをしたりと、歓んでその遊び相手になってやっていた。

健康そのものの能清に比べ、誠子は身体が弱かった。冬になれば風邪を引き、長らく部屋に引き籠もらねばならない。ゼーゼーと小さな胸を喘がせている誠子の傍にいると、五百重は自分が代わってやりたいと思う。それほどの苦しみ様であった。

「大丈夫です。誠子は大好きなお姉さまのお顔を見れば、またすぐに元気になりまする」

小さな口を尖らせるのに、五百重はつい笑みを零す。

「お姉さま、お父さまに新しいお人形を買って頂きましたの。私、とても嬉しくて、いちばん最初にお姉さまにお目にかけたくて」

誠子が差し出したものを手に触れてみると、一対の雛人形であった。身に纏った衣も贅を凝らした絹で、細工は細やかだ。さぞ名のある人形師が作ったものだろう。

秀能は誠子を溺愛している。このような高価な玩具をまだ四つの姫に惜しげもなく買い与えているのだ。流石に口にこそ出しはしないが、樟葉はその人形を見て、眉を顰めている。

五百重が失明して以来、このような高価な人形どころか、玩具一つさえ、父から与えられたことがなかったことを思えば、ずっと五百重の傍にいた樟葉にとっては当然の反応であったのかもしれない。

「ご立派なものを頂いて、よろしうございましたわね。それでは、今日は、このお人形でお遊びになりますか？」

「はい」と、誠子が元気な声を張り上げる。

その誰が見ても微笑ましい姉妹のやり取りを眺めながら、樟葉はそっと溜息を洩らすのだった。

――姫さまは、つくづくお人が好すぎる。

幾ら幼子に罪はないとはいえ、誠子は、あの継母の生んだ娘だ。『落窪物語』は継子苛めの話だが、継子苛めどころか、慈子は端から五百重をこの屋敷にはいないものとして扱い、その存在を無視してふるまっている。それが、どれほど残酷な仕打ちかを樟葉は判っているつもりだ。

辛く当たられるよりもまだ残酷なことがあるとすれば、それはやはり、自分の存在を完全に無視――否定されてしまうことだ。だが、五百重は慈子を恨むわけでもなく、可愛げのない弟能清やひたすら懐いてくる誠子を隔てなく可愛がっている。

コンコンと小さな咳が聞こえ、樟葉は我に返った。

五百重が誠子の小さな背を撫でてやっている。

「樟葉、二の姫の小さな身体には、まだ少し外の風が冷たいのやもしれぬ。蔀戸を降ろすように」

樟葉は庇《ひさし》に控える若い女房たちに命じて、蔀戸を降ろさせる。

誠子はクシュンと小さなくしゃみまでしている。

「大丈夫かしら、お風邪を召してしまったのかしらね？」

五百重は心配そうに誠子の顔を覗き込んでいる。心なしか、誠子の可愛らしい面がうっすらと赤らんでいる。

五百重は手を伸ばすと、誠子のやわらかな頬を両手で包み込んだ。

「少し熱いわ。熱があるのかもしれませんね。樟葉、北ノ対の女房に誠子さまの体調があまり良くないようだとお伝えしてちょうだい」

誠子はこの春先から体調を崩しがちで寝込むことが多くなっていた。それでも、子どもだから、こうして少し回復すると、床の中でじっと寝たままでは我慢できないのだ。

樟葉などは、

——お殿さまがあまりにおん大切にお育てして、甘やかしてしまわれるから、このようにお弱くていらっしゃるのだ。

と、秀能と慈子の誠子への度の過ぎた溺愛ぶりが原因だと思うのだが。

五百重はしきりに誠子の健康を案じ、結局、その日は樟葉が付き添って誠子は早々に北ノ対に戻っていった。

誠子が熱を出した——と聞いたのは、その翌朝のことである。今回もまた、いつものように軽い風邪だと思っていたのに、熱は上がる一方で、なかなか下がる様子はない。

むろん、秀能が手をこまねいているはずがない。五百重と異なり、大切な后がねの姫である。八方手を尽くして、喘息に効くという高価な薬を求めたり、霊験新たかな聖《ひじり》、果ては妖しげな術を使う祈祷師まで呼んできて、娘の健康祈願、病平癒を願った。

誠子に対しての妬みは、五百重には一切ない。ただ無心に自分を姉として慕ってくる妹を苦しめ抜く病魔が憎かった。五百重には、何をしてやることもできない。ただ、毎朝、母塔子の形見である小さな金無垢の観音像に向かって、妹の無事を祈ることくらいのものだった。

誠子は秀能にとっては、たった一人の使える姫なのだ。

今、ここで誠子に何かあっては、秀能が思い描いているすべての計画が台無しになってしまう。秀能が誠子の病平癒のために奔走するのは、純粋な親心の他にも複雑な事情があった。

緩やかな風が優しく頬を撫で、通り過ぎてゆく。五百重は淡く微笑むと、爽やかな風を胸一杯に吸い込む。

この釣殿は対屋から対屋に渡る途中に儲けられていて、丁度、池の上に張り出すような造りになっている。冬はその分、寒いけれど、初夏の今は水面を渡る風がひんやりとして心地良い空間を作り出している。

汀に群れ固まって咲く菖蒲が涼やかに揺れている。濃紫《こむらさき》と純白のふた色の花は、どこまでも優美だ。

祝言は今年の秋と定められ、五百重は満ち足りた幸せのただ中にいた。その日の朝も、樟葉に髪を梳かして貰っていると、樟葉が吐息混じりに言った。

——姫さまのお顔、最近は随分と表情がやわらかくおなりになられました。

残念ながら、鏡台に向かっていても、五百重には自分の顔が見えない。自然界のうつろいは五感で感じ取ることはできても、己れの容貌の変化などは皆目判らない。

五百重の心が伝わったらしく、樟葉は笑んだ。

——姫さまの今のお心をご自分でよく振り返ってご覧なさいませ。いつも、何をされていても三位中将さまの事をお考えになっていらっしゃいますでしょう？　そして、そのときの姫さまはお幸せ一杯ではございませんか？　そのお幸せなお心持ちが全部お顔に出ていらっしゃるのですよ。

その時、五百重は思わず両手で頬を押さえた。頬が熱くなっているのが自分でもいやになるくらい自覚できた。

――もう、樟葉ったら。

そんな五百重を見て、樟葉が声を立てて笑う。

――お美しうございますよ、姫さま。私の母が生きておりましたら、どれほど歓びますでしょうか。

今わの際まで、五百重のゆく末を案じ、一人娘の樟葉に五百重の力になるようにと言い残して逝った乳母であった。五百重にとっては左京が母代わり、樟葉が姉代わりのようなものだ。

――本当に、左京にも私の花嫁姿を見て貰いたかった。

五百重がそう洩らすと、樟葉は五百重の丈なす艶《つや》やかな黒髪を丁寧に梳《くしけず》りながら言った。

――母は空から姫さまの御事をずっと見守っておりますわ。きっと、姫さまの艶《あで》やかな晴れ姿も拝見致すことでございましょう。

良能に嫁いだ後も、樟葉は侍女として側近く仕えることになっている。実家から婚家へとついてゆくのは、樟葉だけであった。忘れ去られたようにひっそりと暮らしている五百重の存在を知る使用人自体がこの屋敷には少ない。五百重もまた努めて人眼に立たないようにしてきたため、余計に〝一の姫〟または〝大姫〟と呼ばれる五百重の存在は希薄であった。

愛する男の妻になるまで、あと四月《よつき》。過ぎてしまえば短いものなのだろうが、待つ身にとっては結構長い。良能はけじめや礼節を重んじる質だから、婚約したからとて、別段、二人の仲がこれまでと違ったものになったわけではない。

相も変わらず良能は律儀に十日おきに屋敷を訪れ、この釣殿で一刻ほど歓談して帰るのが常だった。

樟葉などは、

――中将さまは、あまりに堅物すぎるのではございませんか？

などと、戯れ言めいて五百重に言うのだったけれど。

幸せの絶頂にいるはずの五百重ではあったが、実は心に翳を落とす問題がないわけではなかった。

というのも、誠子の病状が依然としてはかばかしくなく、一向に回復の兆しを見せないからだ。十日前、誠子は五百重の許を訪れている。高熱をいきなり発したのがその翌朝だったため、慈子は、誠子の具合悪しくなったのは五百重のせいだと憤っているらしい。

樟葉でなくとも、五百重もまた、誠子の熱が翌朝、急に上がったものではないことくらい薄々察しはついている。その前日、五百重の許を訪れた時、既に誠子の顔は赤かった。多分、あのときに微熱があったのだろう。

樟葉は五百重の言いつけで、誠子の乳母にもちゃんとそのことを伝えたのだ。なのに、誠子は床に入るわけでもなく、その日は普段と変わらず過ごしていたという。

誠子の病状が悪化したのが、他ならぬ母慈子の手落ちであったのは明らかだ。それを五百重のせいにして逆恨みするのは、筋違いもはなはだしいというものだろう。

だが、親とは、そうのようなものではないのか。我が子のことになれば、理性も分別もなくなる。

愚かしいとはいえども、それこそが親の愛だ。

慈子の身勝手さに歯噛みする樟葉にそう言うと、樟葉はいつものように「姫さまはお人が好すぎます」と大いに不満そうだった。

今も誠子があの小さな身体で懸命に病魔と闘っているのだと考えただけで、五百重は居たたまれない想いになる。せめて傍に行って励ましてやりたいと思うけれど、慈子がそれを望んでいないことは百も承知だ。だから、五百重は影ながら妹の回復を祈り続けるしかなかった。

ひそやかな脚音が近づいてくるのに気付き、五百重はハッとした。

――良能さま？

ひとたびは許婚者かと思ったのだが、すぐにそれが別人のものだと悟った。

この脚音は父ではない、誰か他の男性のものだ。幾ら日陰者の身とはいえ、一人前の女性がむやみに昼日中から男性の眼に触れるのは礼儀にも外れる。親兄弟でさえ、成人すれば御簾越しの対面が通常とされるのが当時の常識である。

咄嗟に身を隠さなくてはと立ち上がったものの、少し遅かったようだった。脚音が五百重の前でピタリと止まった。

相手が息を呑んでいるのが判る。

五百重を見て、かなり愕いているようだ。

「成――清？」

五百重もまた相手に負けず劣らず衝撃を受けた。

自分を成清と呼ぶ人間は、この屋敷にはもういないはずだ。そして、その声は。

懐かしさにほんの少しほろ苦さが入り混じった感情が胸の奥から込み上げてくる。

我が生命を賭けて救った主上——帝の声を忘れるはずもない。むろん、あの頃、まだ変声期前であった少年の声は、既に深い艶を帯びた男性のものに変わっている。それでも、忘れるはずがない。

五歳で童殿上して初めてお目にかかってからというもの、ずっとお側近くにいて忠勤を励んできたのだ。我が生命よりも大切に思い、お仕えしてきた主君であった。お忍びの行幸でおいでになったのだろうか。藤原宗家は皇室とも近い縁戚関係にあるため、私的に帝を屋敷にお迎えする機会は多い。

「主上」

五百重の唇から、吐息のように零れ落ちる言葉。

そのたったひと言に、帝もすぐに反応した。

「成清、やはり、成清なのだな」

その時、五百重は初めて現実を認識した。

今の我が身は最早、藤原成清ではない。七年前、崖から落ちたあの日、成清は永遠に消えた。今、ここにいるのは五百重というただの娘なのだ。

思い惑う五百重に向かって、帝がゆっくりと近づいてくる。

「逢いたかった、成清。あの事故があってからというもの、そなたは宮中に来なくなってしまうし、そなたのおらぬ内裏は、私にとっては味気ない砂の城のようなものだった」

五百重は混乱し切って、首を振る。

「私は成清などという者ではございませぬ」

「何故だ、何故、私を知らぬふりなどするのだ？　そのようななりをしていても、私にはすぐにそなたが成清だと判る。だが、何ゆえ、そのような女人の格好をしている？」

矢継ぎ早に訊ねられ、五百重は小さく胸を喘がせた。

応えられない、どうやって応えて良いのかも判らない。

後ずさり逃れようとしたところを伸びてきた腕にすかさず捉えられた。

「逃げないでくれ、成清。何か言ってくれないか。私は、ずっとそなたに逢いたいと思うていたのだぞ。そなたを忘れた日は一日たりともなかった」

そこで、帝が押し黙った。

「もしや、そなたは女の身であったのか？」

押し潰されそうな沈黙に、五百重は呼吸が苦しくなる。

だが、もうここまで来て、帝を欺くわけにはゆかなかった。

「申し訳ございませぬ」

五百重はその場に平伏した。

「今では継母との間に嫡男能清が生まれましたが、かつて私の父秀能は、私の他に後嗣たるべき息子を持ちませんでした。そのため、やむなく娘の私を息子として育てることになったのでございます」

禁裏と帝を欺く、怖ろしい罪であった。今、この場で斬られてもおかしくないほどの不敬罪である。

「父に罪はございません。女の身で畏れ多くも主上にお仕え参らせていた私一人の罪にございます」

何としてでも、自分一人の罪として押し通さなければならない。

しばらく帝から声はなかった。

だが、ややあって返ってきたのは、五百重を咎める言葉ではなかった。

「私のせいで、そなたが盲目となってしまったと聞いた」

やるせなさそうな声と共に、溜息が聞こえる。

「成清、いや、今は別の名があろう」

物問いたげに言われ、「五百重にございます」と応える。

帝のまなざしが揺れ、束の間、水辺の花菖蒲に注がれた。

鶴がほっそりとした首をもたげたような佇まいのたおやかな花に眩しげに眼を細める。

「五百重、良き名だ。菖蒲の花のように美しいそなたにはふさわしい。——五百重、私は、そなたに何がしてやれるだろうか。そなたは私のためにすべてが滅茶苦茶になり、未来を奪われた。私はそなたに償いがしたい」

五百重は顔を上げた。

「そのような、私は臣下として当然のことをなしたまでにございます」

「五百重、いや、成清。そなたの心の眼に映る私は、どのように変わった？」

帝が五百重の手を再び握った。

五百重は一瞬、畏れ多さに手を引きそうになったけれど——、帝が何を望んでいるのか理解した。

五百重のほっそりとした指先が帝の顔の輪郭をなぞる。秀でた額、整った鼻梁、形の良い唇、切れ長の瞳。

「ご立派になられましてございます」

刻が五百重の上に流れたように、帝の上にも刻は確実に流れたのだ。五百重がよく知る十歳の帝はもういない。

「あの頃、私はそなたよりも背が低かった。だが、今はもう、そなたよりはるかに高いぞ」

帝が揶揄するように言う。

立つようにと言われ、五百重は立ち上がる。

「ほら、今では、そなたの頭は私の肩の辺りまでしかない」

ふいに背中に手を回して引き寄せられ、五百重は呆気なく帝の胸に倒れ込む形になった。

「——主上」

五百重の声に狼狽が混じった。

両手で押し返そうとしても、帝の身体はビクともしない。所詮、五百重の力は、帝と比べれば赤児のようなものだ。

「五百重の身体はやわらかいな。いや、この匂いはやはり、成清と同じものだ」

緩むどころか、背中に回った帝の手は力が更にこもったようだ。

五百重はどうして良いか判らず、泣きそうになった。帝は五百重の黒髪に顎を押し当てている。

「——主上、お放し下さいませ」

五百重は渾身の力を込め、帝の逞しい身体を押しやった。その拍子に、勢い余ってよろける。踏ん張って体勢を整える五百重を帝はじっと見つめた。

不自由な方の右脚をどうしても引きずってしまう。

その瞳に更に驚愕と衝撃が走った。

「成清、そなたは、自由に歩くこともままならぬと申すか？」

自分の怪我がどの程度、帝に伝わっていたのかもは知らない。ただ、大怪我で失明したとしか伝わっていなかったのだろう。

「何ということだ。そなたは、私のために一体、どれほどのものを犠牲にし、失ったというのだ？」

帝の声音には深い悔恨が込められていた。

「許してくれ、成清。私のために、そなたが引き替えにしたものを取り戻してやることはできぬが、私がこれからはそなたを守ることはできるだろう。成清、私の許に参るが良い。入内して私の妃となり、生涯を私の側で過ごすのだ」

「え」

五百重の可憐な面が蒼褪めた。

今、主上は何と仰せになった？　入内——？

「生涯を私の側で過ごすのだ」、最後の科白が五百重の中で幾度もこだまする。

「それは、できませぬ」

悲鳴のような声になってしまい、五百重は慌てて口をつぐむ。

自らを落ち着かせ、ありったけの勇気と平常心を集めた。

「御心は勿体なきものにございますが、私のような者は至高の御位にあるお方にはふわさしくはございませぬ」

「そのようなことはない。私がそなたで良いと申しているのだ。他ならぬ私がそなたを望むのだから、斟酌は無用ぞ」

五百重は唇を噛みしめた。できれば口にしたくはなかったけれど、やはり、帝の誘いを辞退するためには致し方ない。

「私は既に他の殿方と婚約している身にございます。ありがたきお心なれど、その儀ばかりはひらにご容赦下さいませ」

短い沈黙が氷の針を含んでいるように思える。

やがて、乾いた声が発せられた。

「ならぬ、と申したら、いかがする」

五百重は弾かれたように顔を上げた。

「その相手は誰だ？　一体、どこの男と婚約しているというのだ。申してみよ」

烈しい声には怒りさえ孕んでいる。

だが、どうして、七年ぶりに、しかも予期せぬ再会を果たした帝が五百重の婚約にここまで動揺し、感情を露わにする必要があるというのか。

ぬっと突き出た手にまたしても手首を掴まれる。今度はこれまでと比較にならないほど強く、掴まれた場所の骨が砕けてしまうのではないかと思うほどの力だった。

「う、主上、お放し下さいませ」

五百重の見えない瞳に怯えが浮かんでいた。

「どうして、そのような眼をする。私は、ずっとずっと、そなたを忘れられず苦しい想いに身を焦がしていたというのに！」

そのときだった。

渡殿（廊下）を歩いてくる脚音が聞こえた。

五百重が縋るようにそちらを見た。

「良能さま!!」

帝に腕を掴まれたまま、五百重は涙眼で恋人に助けを求める。

「これは主上、こちらにおわしましたか？」

良能が歩いてくると、丁重に一礼した。

五百重が帝に手を取られたままなのをちらりと見る。帝が不承不承といった様子で、五百重から手を放した。

その隙に急いで五百重は良能の背後に隠れ、良能もまた五百重を庇うように、さり気なく帝と五百重の間に立った。

紫の上品な直衣を纏った帝と、淡い水色の直衣を纏った良能があい対する光景は、さながら彼《か》の〝源氏物語〟の光源氏と頭中将のようでもある。いずれどちらが勝るとも劣らぬ優美な美丈夫ぶりだ。

「この娘がそなたの許婚者だと申すのは真か？」

直截に問われても、良能は顔色一つ変えず即答した。

「はい、仰せのとおりにございまする」

「なるほど」

帝は冷えたまなざしを良能から五百重に移した。

「三位中将、そなたは私に誰よりも忠誠を誓うと常日頃から申しておるな？」

念を押すように言われ、良能は頷いた。

「は、さようにお誓い申し上げております」

「忠臣であらば、主の申すことには何なりと従えよう」

刹那、良能の双眸が射るように帝を見た。

「成清、いや、五百重を私にくれ」

五百重が戸惑いと恐怖の混じった眼をさまよわせた。良能が安堵させるかのように五百重の手をやわらかく握った。

それはほんの一瞬のふれあいにすぎなかったが——、帝は見逃さなかった。

不快感も露わに、帝は良能を睨めつける。

「そちは口ではさも忠臣ぶって、たいそうなことをペラペラと申しておきながら、いざとなると、忠義の何たるかを示せぬとでも？」

五百重は傍らで身も凍る想いだった。

自分のせいで、良能が窮地に立たされている。沈着さと思慮深さで知られる良能も、一天万乗の君を相手にさて何とお答えするのかと、はらはらしながらなりゆきを見守るしかない。

それにしても、何もできないどころか、かえって良能の脚を引っ張るしかない我が身が情けなく口惜しかった。

良能がその場に跪く。

「主上、真の忠臣とは、心から主君を案じるものにございます。そは即ち、主が正しき道から足を踏み外したときには、側に居る臣下がお諫めし、本来の道にお戻りなるように計らうものにございます。たとえ、そのためには、我が生命を引き替えにしてでも、主君を守る――それこそが真の忠臣と存じます」

「ウム、そなたの申すことは確かに道理ではあるな」

帝は生来、暗愚な方ではない。むしろ利発で十分に賢帝となる方だと幼い頃から常に身近にいた五百重は知っている。が、いかんせん、三歳で玉座について以来、ご生母もその翌年には失われ、表立ってその行いをお諫めするする存在が近くになかった。

摂政・関白を務めてきた我が父秀能は幼い帝を正しく教え導くどころか、かえってその意に迎合し、帝の我が儘で短気な面を助長したにすぎない。

良能の正論に、流石に反論できないでいるのだ。

「ゆえに、私は想い人を幾ら主の命とはいえ、おいそれと差し出すことはできませぬ。主上、かつて私の従弟藤原成清は、主上の御身をお救い申し上げるために、自らの身を挺し亡くなりましてございます。成清はあの事故で、すべてのものを失いました。成清こそが、主上のおんためには生命をもなげうつ真の忠臣であったかと存じます。どうか主上、一度は亡くなった成清をこれ以上、苦しめないでやって頂きたいのです」

「それなら！　私は償いをしたいと申している。成清が私のために大切なものを失ったというのなら、今度は私が成清を守ってやりたい」

帝の瞳の奥で燃え盛るのが恋慕の焔であることを、その時、良能は知った。

よもや、そのようなことであったとは――。

自らの迂闊さを良能は笑い飛ばしたい気分であった。

だが、帝はたった今まで、藤原成清が女であったとは知らなかったのだ！　なのに、これほどまでの烈しい恋情を募らせているということは、帝がはるか昔から〝成清〟を恋愛の対象として見、ひそかに想いを寄せていたことになる。

「畏れながら、主上。私は五百重を生涯の想い人と思い定めております。そして、五百重もまた私を同じように慕ってくれています。いかに主上の仰せとはいえども、想い人をむざと渡すことはできませぬ」

きっぱりと言い切った良能を帝が憤怒の形相で睨み据えた。

「生涯の想い人というなら、私だって成清が昔から好きだった。たとえ、あまたの女御を侍らせようとも、成清こそが私のたった一人の想い人であったのだぞ！　私はこれまで成清が男だと信じ込んできた。報われぬ恋と知りながら恋心をひた隠し、己れの感情を少しも表に出すまいと堪えてきたのだ。私の気持ちがそなたに判るはずがないッ」

「ずっと傍で想い続けてきたというのなら、それは私も同じにございます。主上、私もまた成清が幼いときから傍で見守って参りました。それに、大切なことをお忘れにならないで下さい。五百重は五百重であって、成清ではございませぬ」

冷静さを失わぬ良能に引きかえ、十七歳の帝はますますいきり立っている。良能の落ち着き払った態度が逆に帝の苛立ちを募らせているようだ。

「私にとっては、同じだ。成清が女であったというのなら、もう何も遠慮はしない。五百重なら、誰はばかることなく想いを伝え、愛することができる。やっと長かった想いが報われるときが来たのだ。五百重、私と共に来い。誰にも真似できないほどの贅沢をさせてやろう。夜も昼もこれからは私が傍にいてやる」

帝が一歩踏み出す。五百重は震えながら良能の背後で身を縮めた。知らぬ中に良能の直衣の裾をギュッと掴んでいた。

「さあ、来るんだ」

伸びてきた手に痛いほどの力で腕を掴まれる。良能の直衣を掴んでいた手は、呆気なく引きはがされた。

「いやっ、良能さま、助けて」

五百重が悲鳴を上げ、精一杯の力で抗う。

「良能さま、良能さま」

強引に引きずられてゆこうとする五百重を唇を噛んで見つめていた良能の拳が小刻みに震えていた。

「いやーっ、良能さま、助けて」

五百重の眼から堪《こら》え切れず、大粒の涙が溢れ、流れ落ちる。

女の涙を見て、良能の中で張りつめていたものが音を立てて崩れたようだった。

良能の眼が光った。

屈辱と憐憫、烈しい怒りが渦巻いている。

良能はひと言も発さず、連れ去られようとする五百重の身体を帝から引き離した。

更に、そのときの感情を込めて、想い人を苦しめる男の頬に一撃を繰り出す。

見えないながらも、五百重には、その状況が手に取るように判った。

――いけない、良能さま。主上の竜顔《りようがん》に手を挙げたりしてはなりません。

どのような理由があるにせよ、一介の臣下が――いや、たとえ何人であろうと至高の存在である帝に手を上げるのは許されないことだ。事が公になれば、良能は罪に問われるのは間違いない。最悪の場合、死罪だ。

「私は、そなたを信頼し、誰よりも頼りにしてきた。異を唱える者も多い中、その衷心に報いるために破格の昇進もさせてやった」

少しの静寂の後、

「だが、それが貴様の応えか」

帝が片頬を押さえたまま、呟く。

まるで死に神の呟きのような不気味なひと言を残し、帝は踵を返した。ゆっくりと歩き去ってゆく後ろ姿が見えなくなると、五百重はたまらず良能に縋りついた。

「良能さま。私のせいで、こんなことに。申し訳ございません」

泣きじゃくる五百重の髪を撫で、良能が優しく言った。

「大丈夫だ、主上は聡明な方だ。今はいっとき、お心が乱れているだけであろう」

「でも、主上のお顔に」

手を掛けてしまったとは、どうしても怖ろしくて言えなかった。

「私のことならば、案じる必要はない」

その時、改めて、五百重の中に恐怖が湧き上がってきた。

「良能さま、私、怖い」

「怖い——？」

「私は今の主上のお姿を見ることは叶いませぬ。さりながら、何か昔の——私のよく存じ上げるあの方とは違うような気がするのです」

言葉にはできないけれど、先刻、手を掴まれたときの帝の力は容赦なかった。もしかしたら、今の帝は怒りに任せれば、五百重の腕など躊躇わず砕いてしまうのではないかと思えるほどの残酷さを漂わせている。

幼い頃の帝は、けしてあのようなことはなかった。気紛れなところはあったが、思いやりのある民を労る心を持った方であった。

「確かに、ここ数年で主上はお変わりになられてしまった」

良能が吐息混じりに言う。

「今の朝廷には、主上の顔色を窺い、媚びへつらう輩はいても、心から忠誠を誓い自らの危険を顧みず諫言できる者は誰一人としておらぬ。あれでは、お若い帝が良からぬ道に脚を踏み入れられてしまうのも無理はない」

口には出さずとも、その帝におもねる筆頭が関白藤原秀能であるとは知れている。

本来ならば、誰よりも主上を諫め正しき道を歩くように進言せねばならない立場にある秀能でさえ、この有様なのだ。他の廷臣たちが秀能に倣ったとしても仕方ない。

「私の父のせいなのですね」

うなだれる五百重の背をさすり、良能は笑った。

「たとえ父御に拘わりはあるとしても、そなたのせいではない」

五百重は小さく首を振った。

「良能さま、私は物ではありませぬ。主上は私をまるで物か玩具《おもちゃ》のようにやり取りなさろうとしています」

思い出すだけで、また涙が零れそうになる。

――成清、いや、五百重を私にくれ。

まるで品物を献上せよとでもいうような言い方だった。

「私はそんなのはいや。五百重は良能さまのお側にいとうございます」

良能はそっと五百重を抱き寄せた。

五百重が不憫でならない。姫として生まれながらも、親の身勝手で若君として育てられたのに、帝を庇って再起不能と知るや、親に見棄てられ日陰の身としてひっそりと生きざるを得なくなった。

漸く良能と心を通わせ合い、結ばれるかに見えたこの時、今度は帝が五百重に毒牙にかかろうとしている。

五百重は帝の、あの男のために光を失い、右脚が不自由になったのだ。言わば、あの男のせいで一生を狂わされたも同然である。なのに、何故、あの男は五百重を執拗に追いかけ回すのだろう。そっとしておいてやらないのか。

むろん、帝が五百重に惚れているのは良能もよく判った。最初、その烈しい恋情を知ったときは愕きもしたが、何より他ならぬ良能自身が全く同じだったから、帝の気持ちはよく理解できる。

奇しくも帝も良能も、五百重にとっては従兄弟に当たる。

五百重が〝成清〟であった幼い日から彼女を知り、ずっと見てきた。その間に、良能と帝は〝成清〟に恋したのだ。そして、〝成清〟が女性だと判ってもなお、その想いが変わらない、いや、ますます烈しく燃え盛ったところまで二人ともに変わらない。

帝の思慕が気紛れなどではなく真実であることも判っている。

だからこそ、尚更、厄介だ。

愛しているなら、何故、そっとしておいてやらない？

五百重に対する想いが真実であることは良能も帝も変わりはなかったが、その愛し方は対照的だと言っても良い。

欲しいから何が何でも手に入れ、傍に置いておくというのは、良能に言わせれば、ただ自分の欲望を満たすだけにすぎず、本当に心から女を大切だと思っているようには見えない。

「五百重、大丈夫だ。そなたは、この私が守る。何があっても、けして離したりはせぬ。だから、泣くな」

五百重は幾度も頷きながら、良能の広い懐の中でいつまでも泣き続けた。


その暁方。

五百重は奇妙な夢を見た。

西の空が真っ赤に染まっている。

熟れた果実を思わせる巨大な日輪が今しも山の向こうへと姿を隠そうとしていた。

まるで、人の血を彷彿とさせるかのような禍々しい空の色がどこまでもひろがっている。

と、眼前が突如として、血塗られたように真っ赤に染まる。夕陽どころではない、これは正真正銘、本物の血だ。

そう気付いて、五百重は悲鳴を上げる。

しかし、掠れたような声がかすかに洩れるだけだ。

どくどくと溢れ出した鮮血は、五百重の視界を緋色に染め上げ、それだけでは飽きたらず滴り落ちる。

その記憶は確かに憶えがある。そう、七年前、帝と大原野まで遠駆けに出た日、崖から落ちて頭を強く打ったときと同じだ。

あのときも口や頭から溢れ出した血が五百重の視界を血の色に染めた。

思えば、あの血の色は、自分がこの世で最後に見たものだった――。

「姫さま、姫さま？」

遠くから誰かが呼んでいる。

私を呼んでいるのは誰――？

「――さま、姫――さま」

思わず、ハッとして褥から身を起こした。

「随分とうなされておいでしたが、どうかなさいましたか？」

樟葉が気遣わしげな表情で枕辺に座っている。腹心の女房を認め、心の底から安堵が押し寄せた。

「怖い夢を見ていた」

「夢、にございますか？」

「夕焼け空が血の色に染まっていた――。樟葉、何ぞ悪しきことが起きねば良いが」

その時、廊下から控えめな声が聞こえた。

「樟葉さま、北ノ対より遣いの女房が参っております」

「はて、このような夜明けに何であろう」

樟葉が立ち上がる。五百重の脳裡に一瞬、先刻見たばかりの嫌な夢がまざまざと甦る。

血の色に一面染まった黄昏時の空。

あの夢の暗示するものは——。

と、思わず耳を塞ぎたくなるような言葉が耳に飛び込んできた。

「姫さま、大変にございます。誠子さまが、二の姫さまがつい早暁、とうとう身罷られたと」

ああ、御仏よ。

五百重の意識が束の間、スーッと遠のく。

何故、御仏は私の大切なものを奪ってゆこうとなさるのですか？

生みの母を奪い、視力を、右脚の自由を、今また更に幼い妹の生命まで。

お願いです、これ以上、私の大切なものを奪わないで下さい。

五百重の脳裡に誠子の無邪気な笑みと、次いで恋しい良能の包み込むような笑顔がよぎった。

何故、このようなときに良能を思い出すのだろう。

御仏は、今度は私から良能さまを奪おうというのだろうか。

いいえ、たとえ誰であろうと、これ以上は思いどおりにはさせない。たとえこの生命に代えても、良能さまのことは私が守って見せる！

五百重の眼に涙が溢れ、白い頬をころがり落ちていった。

誠子の葬儀はしめやかに行われた。慈子の実家《さと》方の一族を初め、当主秀能の機嫌を窺う者たち——弔問客が引きも切らなかった。わずか四歳の童女の葬儀とは思えぬほど盛大な葬儀が滞りなく終わると、屋敷はひっそりとした静寂と憂愁に閉ざされた。

慈子の曾祖父は先々代の帝の皇子であり、その兄は今の式部卿宮である。ちなみに帝の乳母を務めた式部卿局の良人である式部卿は、慈子の兄に当たる。今も式部卿を務めるとはいえ、既に実家は逼塞していて、勢いはない。

慈子を秀能が後添えに迎えたのは、たとえ没落はしていても、高貴な血を受け継ぎ、何より慈子の母もまたその母も代々、健康で多産系であったことがその最大の原因であった。慈子は秀能の願いを叶え、嫡男と姫を生んだが、不運にも誠子はわずか四歳で夭折した。

当然というか、やはり、五百重は誠子の葬儀には出席を許されなかった。

誠子が時折訪ねてくるのを内心愉しみにしていた五百重は、虚ろな心を抱えて過ごした。まるで心の真ん中に大きな洞《ほら》が空いてしまったような心持ちだった。

何をしていても、誠子のあどけない笑顔が眼裏に甦る。面白い物語を樟葉から聞かされても、この話を誠子と一緒に聞いたらなおのこと愉しいであろうのにと返らぬことばかりを思ってしまう。

そんなある朝、五百重は自室で朝飯を食べていた。誠子が亡くなってからというもの、何を食べても美味しいと思えなくなった。

干菓子や甘いお菓子が大好きだった誠子を思い出すと、つい泣けてしまう。食欲は殆どなく、薄い粥さえろくに喉を越さない始末だ。

今朝も碗に一杯粥を食べるのがやっとで、お付きの樟葉をいたく心配させていた。

「姫さま、食後の果物の代わりに蘇《そ》を召し上がってはいかがにございますか」

蘇とは、チーズのようなもので、当時のデザートの一種である。五百重の好物の一つだ。

正直、あまり食べたいとは思わなかったけれど、樟葉の心遣いはよく判った。期待に満ちた顔で返事を待つ樟葉に到底、「食べたくない」とは言えなかった。

五百重が木の匙で小さな器に盛った蘇をひと掬いしたその時、御簾の向こうで甲高い声が響き渡った。次いで騒がしい人声が部屋内まで聞こえてくる。

「何でございましょうね」

樟葉が小首を傾げ、様子を見にゆく。

五百重も折角の食欲も失せ、ぼんやりと匙を手にしたまま宙を見つめていた。

女房たちの中には様々な者がいる。気性の烈しい者、はっきりと物を言う者、あまたの者がいれば、諍いが起きることも珍しくはなく、女同士でのやっかみなども絡めば、派手な喧嘩になることもある。

今回もまたそうした他愛ない喧嘩であろうと五百重も樟葉も考えていたのだ。

しかし、その予想は見事に外れた。

ほどなく入り口の御簾が乱暴に巻き上げられ、脚音も荒々しく入ってきたのは思いもかけぬ人物であった。

「義母《はは》上さま」

五百重は茫然と部屋になだれ込んできた母を見つめた。

あれほど装いに贅を凝らし、美しく化粧していた慈子が今は見る影もない。髪はそそけ立ち、泣き通しであったらしい眼は赤く充血し、眼許にはくっきりと隈が現れている。

慈子は義理の娘である五百重より八歳年長のはずだから、まだ二十六だ。しかし、今、眼前に仁王立ちになって五百重を見下ろす慈子は到底、二十六には見えない。誠子が亡くなってから、慈子は一挙に十年以上も歳を取ったように見える。

五百重には慈子の変わり果てた姿は見えない。だが、慈子の漂わせる荒んだ雰囲気が娘を失った深い哀しみによるものだと彼女なりの鋭敏な感覚で察知することはできた。

「この恩知らず！」

慈子はいきなり憎々しげに叫ぶと、五百重に向かって、蘇の盛られた器を投げつけた。

それは、一瞬のことで、樟葉が止める暇もなかった。

器の端が額に当たり、小さな傷ができた。忽ち紅い血が溢れてくる。

「北ノ方さま、あまりといえば、あまりのお仕打ちにはございませんか。幾ら北ノ方さまとはいえ、ご当家の大姫さまに対してご無礼が過ぎましょう」

慈子はいっかな怯む風もなく、五百重を睨みつけた。

「そなたが姫を呪うたのであろう。我が身が姫に取って代わらんがために、誠子を亡き者にしたのではないか！」

樟葉が色を失って詰め寄る。

「樟葉、控えなさい」

五百重は樟葉に静かに命じると、額から流れ落ちる血を手のひらで拭った。

「義母上さま、私は甲斐もなき身の上にはございますが、生憎と恩知らず呼ばわりされる憶えばございませぬ」

「ええい、顔色一つ動かさず、可愛げのない小娘よ。そなたが二の姫を呪詛しておったのは判っておるぞ。そなたに仕える女《め》の童《わらわ》が申しておった」

慈子が我が意を得たりと話し始める。

確かに慈子が名指しした安芸葉《あきは》という女の童は樟葉が可愛がっている部屋子である。女の童というのは女房の下で雑用をしながら、ゆくゆくは女房としてお屋敷に仕える見習いのことだ。大抵は十代前後の年端もゆかぬ少女が多い。

「大姫が朝な夕なに持仏に二の姫の生命を縮め参らせ給えと呪詛を行っていると」

「そのようなことは何かの間違いにございます」

ましたしても樟葉が訴えるのに、五百重は眼顔で制した。

「義母上さま、私は確かに観音像に朝夕にと祈りを捧げておりますけど、あれは我が生みの母のたった一つの忘れ形見にございます。その御仏を冒涜するような行いは、私はけして致しはしませぬ」

慈子は怒りに顔をどす黒く染めた。

「全く、口だけは立つ小賢しい娘だこと。ほんに憎らしや口惜しや」

慈子が紅く塗った唇をわななかせた。

「許さぬぞ、大姫。我が娘の誠子を呪い殺したこの恨みを晴らさでおくべきものか」

慈子がいきなり五百重に飛びかかった。

五百重の豊かな丈なす黒髪は背中を滝のように流れ、畳までひろがっている。その髪を掴んで、力任せに引っ張ったから、たまらない。

気丈な樟葉もあまりのなりゆきに悲鳴を上げた。

眦をキッとつり上げ、夢中で義理の娘の髪を引っ張る慈子の形相は凄まじかった。派手やかな面立ちの女だけに、こうしてやつれている様は凄惨ささえ漂わせ、そこだけ毒々しいほど紅い口許が鬼を思わせる。

「誠子ではなく、そなたが死ねば良かったのじゃ。眼も見えぬ、満足に歩けもせぬそなたなぞ、どうせ殿にとっては居ても居なくても同じこと。そなたが死ねば良かったのじゃ」

呪いの言葉を撒き散らしながら、慈子はこれでもかというほどの力を込めて五百重の髪をグイグイと引っ張る。あまりの痛みに、五百重は涙が溢れそうになるのを懸命に堪《こら》えた。

「何をしておる」

その時、表で当主秀能の声が響き渡った。

ほどなく秀能が部屋に駆け込んできた。相当慌てて駆けつけたものか、肩を上下させている。今を時めく関白太政大臣にして朝廷一の実力者である。

まだ三十七の若さで、到底、十七になる娘がいるとは思えない。長身の典雅な風貌を見る限り、五百重も亡き誠子も二人の娘たちはこの美男の父親の容貌を受け継いだのだと判る。

「北ノ方。誠子亡き今、五百重は大切な姫なのだ」

と、秀能が目ざとく五百重の額の傷に眼を止めた。

「何と、怪我をしておるではないか！」

秀能はつかつかと近寄ると、五百重の傷をしげしげと検分した。

「一体、そなたは何ということをしでかすのだ。今、五百重の顔に傷をつけなぞ致せば、そなたは畏れ多くも主上に対する不敬罪で咎を追うことになるぞ。誠子がいなくなってしまった今、我が家の命運はこの大姫にかかっておるのだ。そなたにはそのようなことすら判らぬのか？」

「それでは、やはり、殿はこの娘を内裏に――」

「ええい、煩いッ」

秀能は慈子の言葉を強引に遮った。

「やはり、誠子を呪い殺したのはお前だね、この恩知らず」

口汚く罵る慈子に向かって、秀能は怒鳴った。

「良い加減にしないか、見苦しい。誠子が今のそなたの様を見れば、かえって成仏できまい」

そのひと言で、慈子がわっと泣き伏した。

「誠子、誠子ォ」

まだ喚き散らしている慈子は、父に連れられて部屋を出ていった。

それまでの騒々しさが嘘のように静まり返った室内で、五百重はあまりの情けなさに滲んでくる涙を堪えることができなかった。

「姫さま、大丈夫でございますか？」

樟葉が心配げに訊ね、白い清潔な布で五百重の額を拭いた。酒で消毒し、薬を塗る。

「傷の方はたいしたことはない」

額の傷は刻が経てば癒える。だが、心が痛かった。

何故、我が身がこれほどまでに謂われのない憎しみを受けなければならないのだろうか。人の世に哀しみはつきものだけれど、やり切れないことだ。

「奥方さまも今はまだ二の姫さまを亡くされた哀しみでお心が乱れていらっしゃるのでしょう」

「判っている」

五百重はまだ人の妻となったことも、子を生んだこともない。ただ、母が我が腹を痛めて生んだ子を喪ったその哀しみが尋常ではないであろうことは察しはつく。

ましてや、誠子は素直で愛らしい姫であった。異母姉である五百重に懐き、まるで子犬のように傍から離れようとしなかった。

その誠子を何で五百重が呪ったりするだろう？　喘息の発作で苦しむ誠子の代わりになっても良いと思ったことはあっても、誠子がいなくなれば良いと思ったことなど一度としてないのに。

哀しみに沈む五百重を、樟葉は思いつめたような眼で見つめた。

五百重は慈子の行動に衝撃を受けているため、気付いてはいないようだが、樟葉は秀能の先ほどの科白が気に掛かった。

――今、五百重の顔に傷をつけなぞ致せば、そなたは畏れ多くも主上に対する不敬罪で咎を追うことになるぞ。誠子がいなくなってしまった今、我が家の命運はこの大姫にかかっておるのだ、と。

あの部分がどうにも引っかかる。何故、秀能はあのようなことを言ったのか。

更に、

――では、やはり殿はこの娘を内裏に。

慈子の反応も気になるところだ。

あの短い会話が、これからの五百重の運命を予告しているような気がしてならない。

だが、今、五百重にその危惧を伝えることはできかねた。それでなくとも北ノ方に酷い仕打ちを受けて打ちひしがれている五百重をこれ以上哀しませたくはなかった。

主従はそれぞれの想いに浸りながら、重苦しい朝を過ごした。

分かれ道

　誠子の葬儀からひと月を経た頃、五百重は父の居間に呼ばれた。屋敷の方も次第に以前の落ち着きを取り戻してきているが、北ノ方慈子の言動は相変わらず、普通ではないらしい。

　元々ヒステリックだったのが、最近は更に感情の起伏が激しくなり、北ノ対に仕える女房たちは慈子の機嫌を窺って始終ピリピリと神経を尖らせているとの噂だった。

　愛娘を失った慈子の愛情は、今や能清に向けられ、その偏愛ぶりは誰が見ても常軌を逸していた。

「お呼びでございましょうか」

　五百重が父の居間に着いた時、秀能は書見をしているところだった。はらはらと本を捲る音が聞こえてくる。

「ああ、来たのか」

　秀能は漸く気付いたというように顔を上げ、座るように促す。

「これを」

秀能は脇に置いてあった蒔絵の平たい箱を差し示した。

傍に控えている樟葉が代わりに進み出て、恭しく捧げ持つ。

「父上さま、これは何でございましょう」

五百重が見えない瞳を向けると、秀能はにこやかに笑んだ。

「新しい唐絹や衣、ひととおりは揃えてある。今度、参内する折は、これを着てゆきなさい」

「それは一体、どういう――」

五百重が戸惑いの色を浮かべると、秀能はコホンと小さな咳払いをした。

「そなたにも漸く運が向いてきたようだ。五百重、そなたの名は亡き母が付けたものだと知っていような？」

念を押されるように問われ、五百重は頷く。

「はい」

「だが、何ゆえ、母がその名を付けたかまでは知るまい」

「――」

黙り込んだ五百重に向かって、更に秀能は機嫌の良い顔を見せた。恐らく、五百重が生まれてから、このような晴れやかな表情をしたことなどいまだかつてなかったのではないか。

たとえ父の顔は見えずとも、その雰囲気や口ぶりで判る。

「姫であるそなたを若として育てると決めた時、そなたの母はせめてそなたに〝五百重〟という真の名を与えたいと言った。私も塔子の母としての哀しみや不安はよく判ったゆえ、それを許したのだ」

その時、塔子は秀能に言ったという。

――五百重という名は、はるかな昔、文武天皇のお妃となり、その帝の寵愛も厚く皇子を生み奉った藤原不比等の媛の名にございます。せめて、我が娘にもそのような強き運を持ったお方の名を付けてやりとうございます。

藤原五百重媛は、天武帝の妃となって第七皇子新田部皇子《にいたべみこ》を生み、後に藤原不比等の室となった。父は藤原鎌足である。世に〝藤原夫人《ふじわらのおおとじ》〟と呼ばれ尊崇を受けたが、二度目の良人となった不比等は血の繋がった異母兄に当たる。

世の権力者の寵愛を次々に受けた女性ではあるが、その生涯はけして幸福であったとはいえまい。現に、二度目は、たとえ異腹とはいえ、実の兄に身を任せたのだ。

母塔子が娘のために五百重郎女の名を付けたがった気持ちは理解できるけれど、正直、五百重は今初めて我が名の由来を知って、嬉しいとは思えない。

五百重は返す言葉もなかった。

自分の名に、そのような由来があったとは、これまで知らなかった。いや、できれば知りたくなかった。

帝の寵愛を受けて、皇子を生んだ鎌足の娘五百重郎女《いらつめ》。鎌足といえば、我が藤原宗家の輝かしい繁栄の礎を築いた先祖でもある。だが、父はどうして唐突にその五百重郎女の名を持ち出すのだろうか。

「流石は、そなたの母だ。先を見透す先見の明があったのであろうよ。鎌足公の媛の名を我が娘に頂くとは。五百重という名はやはり縁起の良い名だ。そなたも後宮にひとたび入ったからには、心より主上にお仕えし、誰よりも厚いご寵愛を賜るように努力しなさい。皇子を生んだ五百重媛にあやかるのだぞ」

「——お父上さま、それは」

五百重は唇を震わせた。

「誠子が亡くなる少し前のことだが、帝が畏れ多くも我が家にお忍びで行幸になった。その時、そなたを見初められたらしい。是非にも五百重を後宮に召し上げたいと仰せになってな。私も実のところ、誠子をいずれ入内させる腹積もりであったが、このたびの不幸でそれもままならなくなった。このままでは我が家は今の権勢を維持するのは難しくなる。ゆえに、主上の御意をありがたくお受けすることにしたのだ」

「そんな」

五百重の眼に熱いものが滲む。

それは、あまりな話だった。使い道がないとあっさりと切り棄て、今度は帝が望めば、使い道があると判断して政略の道具に使おうというのか——。

「私は、私は！　——私には既に末を言い交わしたお方がおります」

最後に縋れるものといえば、良能だけであった。五百重が必死の想いで言うと、秀能は事もなげに言い放つ。

「良能のことは忘れなさい」

「主上がそなたをお望みになる以上、臣下である良能は身を退くべきだ。幸い、そなたの存在はこれまで公にしてはおらず、そなたたちの婚約もごく内輪のものだ。婚約を解消したとて大仰に騒ぎ立てることもなかろう。既に陰陽師が佳き日を選んで、入内の日取りも決まっておる。そなたは明後日、参内するのだ」

「せめて、今一度、良能さまに逢わせて下さいませ」

五百重は泣きながら懇願した。

だが、最後の望みの綱も無惨に絶たれた。

「駄目だ。そなたは既に入内の勅命を受けた身、他の男に逢わせるなど言語道断。それに、別れることが決まった男と今更逢ったところで、どうなるというのだ？　かえって二人共に心の傷が深くなり哀しみも増すだけであろう」

その場に泣き伏す五百重を忌々しそうに見つめ、秀能が顎をしゃくった。

「樟葉、大姫を部屋に連れて戻りなさい。それから、くれぐれも申しておくが、妙な仏心は出さぬように。この国の民である限り、帝の御意には何人たりとも逆らえぬ。ましてや、大姫には藤原宗家の総領姫としての務めがある。大姫は、己れが果たすべき本来の役割と責任を果たしに参るのだ。藤原氏の姫たちが代々、連綿と受け継いできた后の宮、国母としての立場に立つときが来たのだと、そなたもさよう心得よ」

「さ、姫さま」と、優しく樟葉に促され、五百重は緩慢な動作で立ち上がる。

あまりの衝撃と絶望で、自分が何をしているのかすら判らない。

部屋に戻っても、五百重はずっと泣きっ放しであった。

その夜半。

五百重は真っ赤に腫れた眼に鈍い痛みを感じていた。樟葉に幾ら促されても、床に入る気力さえない。

灯火を落とした室内は薄暗く、淡い闇に満たされている。燭台の焔がジジとかすかな音を立て、揺れた。

どこからか、風が流れ込んできたのだろうか。何げなく背後を振り返った五百重は思わず声を上げそうになった。

後ろから伸びてきた分厚い手のひらが五百重の口許を覆う。

薄い闇の中に、良能が佇んでいた。

「姫」

良能はいきなり五百重を抱きしめると、貪るように唇を奪った。良能と唇を重ねるのはこれが初めてではないが、いつも小鳥がついばむような軽い接吻で、ここまで狂おしく求められたのは初めてのことだ。

少し躊躇いはあったものの、五百重はすぐに身体の力を抜き、良能の口づけに身を任せた。

わずかな隙間から良能の舌が挿し入れられる。良能が五百重の口中を蹂躙するにつれ、卑猥な水音が夜陰にひそやかに響く。

角度を変えて深い口づけは果てしなく続いた。

永遠にも思われた長い時間が過ぎた後、五百重の身体は、これまで経験したことのないような熱を帯びていた。あたかも身体全体が火の塊となったかのように熱く火照っている。

「五百重」

良能はひと言名を呼ぶと、五百重の頬を両で挟んだ。

「このまま、そなたを連れて逃げてしまえたら、どんなに良いか」

五百重は何も言えない。心の底では、

――良能さま、私を連れて、私たちを誰も知らないどこかへ連れていって下さい。

泣いて訴えたかったけれど、それは所詮できないことだ。

五百重が今、良能と姿を消せば、帝は二人が手に手を取って逃げた――駆け落ちをしたと悟るだろう。そうなれば、執拗な追っ手にゆく方を追われ、やがて獰猛な猟犬に追われる野兎のように憐れな運命を辿ることは見えている。

良能は帝の信頼を得て、異例ともいえる昇進を遂げて従三位参議・左近権中将にまで上りつめた男である。他の誰からも帝の側近中の側近であり、腹心であると目されていた。

信頼が厚かった分だけ、帝の良能に対する憎悪と怒りは大きく燃え上がるに相違ない。

それでなくとも、五百重をめぐり、二人は一度言い争い、あまつさえ良能は帝の顔を平手で打った。

あの後、帝が事を公にせず、何の処分も下さなかったことが不思議なくらいであった。

下手をすれば、今度は生命まで失いかねない。そんな危険を愛しい男に冒させるわけにはゆかなかった。

「あなたは私をさぞ甲斐性のない男だと呆れているだろうね。帝とあなたを争う勇気もない臆病者だと」

打ちひしがれている良能に、五百重は首を振る。

「私は、こうして良能さまにもう一度お逢いしただけで幸せです。最後の想い出に良能さまのお顔を心に刻みつけて参ります」

五百重は手を伸ばし、そっと男の頬に触れた。見えない眼を見開き、手探りで良能の顔を形作る線を丹念に辿ってゆく。

「姫、そなたはまさか死ぬつもりではないのか」

心中を見透かされ、五百重はうつむいた。

良能は烈しく首を振り、一旦は離れた五百重の手を取った。

「それはならぬ、姫。今、ここで私と約束してくれ。絶対に自ら生命を絶ったりはしないと」

「――良能さま」

五百重の黒い瞳が潤む。黒曜石のような瞳が濡れ、冴え冴えと煌めいていた。

ああ、この眼だと、良能は今更ながらに思う。帝も自分もこの瞳に魅せられ、溺れている。男を魅了し、その心を捉えずにはいられない蠱惑的な瞳。

恐らく、この無垢な少女は自分がどれほど男を惹きつけてやまないかなど知りはしないのだろう。その清らかさがいっそう男の心をかきたて、情欲をそそるのだということも。

まるで、穢れを知らず、ひっそりと花開く水仙のようだ。良能はいつか、五百重と二人で見た庭の水仙を思い出した。

あれは今年の春だった。弥生の初め、五百重に自らの想いを初めて告げた。二人にとって忘れられない想い出の日でもある。

「そなたには酷《むご》いことを言っているのは判っている。だが、生きていて欲しい。生きていれば、きっとまた逢える」

帝の想い者になったしても、生き存《なが》らえて欲しい。良能の気持ちは痛いほど伝わってくる。

だが、良能の言葉どおり、それは五百重にとっては残酷なことだ。好きでもない男に身を任せ、それでもなお生きてくれと――他でもない惚れたその男から言われるとは。

「――判りました。私は良能さまのお言葉に従います。たとえ何があったとしても、歯を食いしばって耐えてみせます」

五百重が涙ながらに言うと、良能は彼女をきつく抱きしめる。

「それでは、今宵はこれで失礼する」

良能は名残惜しげに五百重から離れた。

「良能さま」

去ろうとする男を五百重は呼んだ。

ここで別れたら、再び生きてあいまみえるかどうかは判らぬ恋人。

良能が立ち止まり、首だけねじ曲げるようにして振り向いた。

「必ず逢える」

その言葉が夜の闇に儚く消えてゆく。

本当に良能に逢える日が来るというのだろうか。明日、五百重は帝のものになると決まっているというのに――。

良能が出ていった後、五百重は再び気が抜けたようにその場にくずおれた。

「姫さま」

様子を確かめるように、樟葉が入ってくる。

「樟葉、お前ね」

五百重には判っていた。忠実無比な女房が良能に事の次第を知らせたのだ。

樟葉が何かに耐えるような表情を浮かべた。

「私はいつでも、どこでも姫さまのお味方にございます」

「でも、こんなことをして、万が一、お父上さまに見つかりでもしたら、大変なことになる」

姫君にお付きの女房や乳母がひそかに恋人との逢瀬の橋渡しをすることは、よくあることではある。

だが、帝から入内の勅命を受けた姫にかつての婚約者を引き合わせたとなれば、樟葉は監督不行届としてその責めは免れまい。

そこまでの危険を冒してまで、樟葉は五百重の望みを叶えてくれようとしたのだ。

「樟葉」

急に甘えるように縋りついてきた五百重を、樟葉は優しげな顔で受け止める。

「まあ、姫さまったら。まるで、大きな赤さまのようでございますよ」

樟葉はそう言いながらも、五百重の髪を愛おしげに撫でた。

「樟葉は姫さまのためなら、いつだって生命を棄てても良いと思うております。たとえ、どのようなことがあっても、私が姫さまの御身をお守り致しますから」

優しい声、背中をあやすようにトントンと叩く仕種は、亡き乳母を思い出させる。四つで母塔子を失ってから——いや病弱で殆ど育児などできなかった塔子に代わり、乳母の左京が五百重にとっては、ずっと母代わりであった。

心優しい乳母は愛情と厳しさをもって五百重を育て、最後まで苛酷な宿命を背負って生きねばならない五百重を気に掛けていた。

幼子の頃、乳母がいつも添い寝して聞かせてくれた子守唄が優しく眠りにいざなう。こうして樟葉が同じ歌を歌っていると、あの頃——幼い昔に返ったかのような錯覚に囚われる。

五百重は樟葉の腕に抱かれ、うとうとと微睡みの淵へと落ちていった。


二日が経った。五百重にとっては随分と長いようにも、また呆気ないほど短いようにも思える一日が漸く終わり、京の都が蜜色の黄昏時の光に代わって淡い宵闇の底に沈み込む時間になった。

その刻限、宮中から関白太政大臣邸に迎えの使者が寄越された。もとより、帝より直々の遣いであり、今宵、入内する太政大臣の長女五百重を迎えに遣わされたのである。

本来ならば、入内はもっと早い時間に参内するべきであるのに、当人の五百重がむずかって動こうとしなかったのだ。業を煮やし、待ち侘びた帝がわざわざ迎えをやったというのが真相だ。遣わされたのはむろん粗末な網代車などではなく、帝初め上皇、女院、中宮、東宮などごく限られた高貴な身分の人にしか許されない糸毛車であった。その待遇を見ても、帝がどれほど太政大臣の姫君に執心しているかが判る。

ただ、人々はここに至って首をひねった。

――関白どのには確か後妻が生んだ幼い姫が一人いたことにはいたが、不幸にも先頃、亡くなったのではなかったか。

関白秀能がその幼い姫をいずれ后妃にと野心を燃やしていたことを知らぬ者はいない。だが、肝心の手駒である姫が夭折してしまった今、秀能に入内させるような娘がいるとは、誰もついぞ聞いたことはないのだ。

――側女に生ませた隠し子ではないのか？

脇腹の姫をどこからか探し出してきたとも推察できるが、堅物で知られる秀能が正妻の他に通う女がいるとは信じがたい。

それも、当の秀能が入内させる姫は、れきとした嫡出の娘だと断言しているのだ。一体、どこにそのような妙齢の姫を隠していたのかと、誰もが訝しく思った。

禁裏よりの使者が到着して一刻が過ぎても、姫君は自分の部屋から出ようとはしない。

帝からは催促の文がその間に二度、届いた。

とうとう父の秀能が姫君の部屋に出向いて、姫を説得することになった。

「五百重、我が儘を言うのもたいがいにするのだ。主上をお待たせするのは畏れ多いことだぞ」

五百重は唇を噛みしめて、うなだれていた。端座した膝の上に揃えて置かれた手が震えている。

「どうしてもゆかねばならないのでございますか？」

消え入るような声に、秀能が声を荒げた。

「そなたはまだ、そのようなことを申しておるのか？　既に入内の勅命を受けた身でありながら、主上の御意を拒むなど許されるはずもあるまい」

「でも、私には良能さまが――」

「愚か者！　良能とそなたの縁は既に切れておる。良能もそなたとの婚約はなかったものとすると申してきておるのだ」

「そんな、そんなはずがございませぬ。良能さまがそのようなことを仰るはずがございませぬ」

五百重の瞳に涙が滲む。一昨日の夜、良能は確かに言った。

――生きていて欲しい。生きていれば、きっとまた逢える。

「また、逢える」、そのひと言《ひと》だけを心の支えにして五百重は自分を保っている。たとえ何があったとしても、生きてくれとあの男は言った。生きてさえいれば、必ずまた逢えるから、と。

あの時、良能の胸に縋っていた五百重よりも良能の方が縋るような瞳をしていたのではないか。見えない五百重にも男の声音に潜む切迫したものは十分感じ取れた。

何が何でも五百重に「生きる」と言わせたい――。そんな必死さが伝わってきた。もし、あの場で五百重が諾と言わねば、そのまま五百重を懐剣で刺し、良能までもが自害しかねないような雰囲気だった。

だからこそ、五百重は余計に「生きていたくない」とは言えなかった。自分の身はどうなっても良い。けれど、大切な良能は死んで欲しくない。多分、生きていたら必ず逢えると、その言葉を生きるよすがにしているのは五百重だけではないのだろう。

その良能が二人の縁をなかったものにするなどと天と地が裂けても口にするはずがないのだ。大方、父が五百重に諦めさせるために、もしくは、良能に断念させるために都合の良い嘘を言っているに違いない。

たとえ帝の妃となっても、生きてくれと良能は言った。けれど、五百重は良能以外の男になんて、触れられたくもない。

五百重はその場に手を付いた。

「どうか私を後宮に入れないで下さいませ。この屋敷を出て、いずこになりと参り、二度とここには戻って参りませぬ。父上にご迷惑はおかけしませぬゆえ、どうか、見逃して下さいませ」

溢れ出た涙が頬をつたい、床に落ちる。

「お願いでございます、どうか、どうか」

泣きながら訴える五百重の顔をしばらく見つめていた秀能が小さな吐息をついた。

一瞬痛ましげな表情になったものの、それはすぐに消えた。

「そなたは七年前、藤原宗家の未来を担うという重き役目を自ら放棄し、嫡子としての務めを果たせなくなり、私をいたく落胆させた。さりながら、幸いにも姫として主上の御意にかなったのだから、家のために尽くしなさい。そなたが主上の寵幸を受けて、やがて皇子をお生み奉れば、我が家はこれまで以上に栄えるであろう」

静かな、感情の片鱗も感じさせない声音であった。

「――」

その場に泣き崩れる五百重に、禁裏から遣わされた命婦が声をかける。

「女御さま、主上がお待ちかねでございます。そろそろ参りましょう」

二人の女官に脇から支えられるようにして立ち上がり、五百重は車に乗せられた。

その前後を警護の者、更に徒歩《かち》で付き従う女官たちが囲む。むろん、その中には樟葉の姿もあった。

かけ声と共に行列が静かに動き出し、五百重を乗せた糸毛車は夜の都大路をゆっくりと進んだ。車の中で五百重は唇を噛みしめていた。その打ちしおれた姿はさながら処刑場へ護送される科人のような悲壮感を漂わせている。

禁裏に到着した時、既に空は桔梗色に染まり、天空には十六夜の月が昇っていた。

広い庭の四方で篝火が焚かれ、時折、火の粉が夜陰に舞い上がる。

着く早々、湯浴みをさせられ、白一色の夜着に着替えさせられた。薄化粧まで施され、更に別室に連れてゆかれる。

長い磨き抜かれた回廊を命婦に手を引かれて進み、とある部屋の前で止まった。

「お鎮まりなさいませ」

年配の命婦の声は年相応に嗄れていて、五百重の心細さをいささかもやわらげてはくれなかった。

樟葉とはまだ一度も話すどころか、顔を見る機会すらない。

命婦は五百重の夜着を手際よく整えると、戸を開けて、五百重の身体を部屋の中に押しやった。眼の前で軋みながら戸が閉まり、五百重は眼を瞠った。命婦たちの脚音が遠ざかり、やがて辺りはただ静かすぎるほどの沈黙だけが残った。

ここは、どこなのだろう。

心細くてならず、見えない眼をあてどなく泳がせる。いつもなら眼の代わりに耳が周囲の音を聞き取り、自分の置かれている状況をほぼ間違いなく掴めるのに、今夜ばかりは上手くゆかない。音を聞き取ることに集中できないのだ。

五百重は試しに眼前の戸を開けようとしてみた。だが、外側から開かないようにでもしているのか、五百重の力ではびくともしない。

それでも諦めず、戸に手を掛けて揺らしていると、背後で男の声がした。

「何をしている」

「――――！」

五百重の華奢な身体がピクンと跳ねた。

この声の持ち主は、帝に他ならない。何しろ五歳のときからお側に上がり、五年間片時も離れず仕えてきた主君なのだ。聞き間違えようはずがない。

「随分と待たせるのだな？　良い加減に待ちくたびれて、私の方から迎えにいこうと思ったぞ」

帝が笑いながら五百重の手を取った。

刹那、言いようのない嫌悪感が走り、五百重は咄嗟に手を引き抜く。

帝の整った面が瞬時に翳った。

「とにかく、座ろう」

帝についてくるように言われ、五百重はやむなく後に従った。

この部屋はどこなのか。先刻も感じた不安がまた頭をもたげ、五百重は周囲の様子をさぐった。

まさかと思った。宮中に入ったその夜、寝所に召されるだとは想像だにしていなかった。

帝が再び五百重の手を取り、導くようにして座らせた。やわらかな褥の感触があった。

「ここは、どこなのでしょう」

五百重ももう、ここがどこなのか大方は察せられた。今、自分が座っているのは御帳台の中、つまり貴人が就寝のために使う寝床だろう。

返ってきた応えは怖れていたとおりだった。

「清涼殿の夜の御殿《おとど》だが？」

当然のように言われ、五百重は奈落の底に突き落とされたような気持ちになった。

思わず涙が溢れそうになり、泣くまいと唇を噛みしめた。

そんな五百重を帝は感情の読み取れぬ瞳で見つめている。

「成清、逢いたかった。顔をよく見せてくれぬか？」

それでも五百重は顔を上げようとしない。近寄ると、帝は五百重の顎に手を掛けて仰のけた。

枕許の燭台の焔がかすかな風に揺れている。きらめく露の雫を宿し、冴え冴えとした双眸が濡れていた。ふっくらとした薄紅色の唇。帝の呼吸がわずかに荒くなったのに、五百重は気付かない。

「こうやっていると、とても視力を失っているようには見えないな。――随分と美しくなった」

短い沈黙が流れ、帝が漸く五百重から手を放す。

「初めて出逢った日のことを憶えているか？」

唐突に予期せぬ話題をふられ、五百重は応えに窮した。

だが、帝が自分を〝成清〟と呼んでいることに一抹の希望を感じていた。今の帝は五百重ではなく成清を求めているのだ。

ならば、ここは五百重としてではなく、成清としてお相手した方が良いのだろうと判断する。

「忘れるはずもございませぬ。今から十二年前のことにございますな」

口調も敢えて〝成清〟だったときと同じようにした。

「今だから正直に申すが、あの頃、そなたは既に同い年とは思えぬほど老成した子どもだった。私と同じ五歳と聞いて、内心は信じられぬと愕いたものだ」

「さようにございましたか。私は私で、同じ歳とはいえ、流石に至高の位にあられるお方は私のような下の者とは違うのだと主上のご聡明ぶりや落ち着いていらっしゃるご様子に感銘を受けました」

童殿上する前、父秀能は幼い息子に言い聞かせた。

――主上にはご友人としてふるまっても構わないが、常にこの方が一天万乗の君でいらせられることだけは忘れぬように。

幼い帝を補佐する年配の臣下はあまたいるが、同じ年頃の遊び相手・話し相手がいないからと、成清は侍従として出仕することになった。普段は気の置けない友のように接しても良いが、常にこの方が主君であることだけは忘れぬようわきまえよ、と父は言ったのだ。

以来、二人はいつも、何をするのも一緒だった。学問をするときも遊ぶときも同じで、帝は成清を片時も離さぬほど信頼していたし、成清もまた、この方のためならば生命も惜しくはないと帝を主君として大切に思っていた。

それが、いつしか帝の中では歯車がかみ合わなくなっていたのだ。もっとも、当時の成清はそのようなことを知るはずもなく、今、この瞬間でさえ、帝が自分に寄せる思慕の何たるかを完全に理解できてはいなかった。

「いつだったか、私が元服して初めての妃を迎えるときには、そなたの方が恥ずかしがっていたな」

帝が笑いながら言う。

そう言えば、あの頃から、帝は成清をはっきりと意識し始めたのだ。十歳の誕生日を迎えたその日、帝は元服の儀を終え、その夜、大納言藤原安親の娘慈子が〝御添伏〟に立った。添伏とは天皇や東宮が元服したその夜、寝所に侍る女性のことで、大抵はそのまま妃として迎えられる。

当時、父秀能も娘を添伏役に就かせたかったのは山々だったが、生憎とそのような年頃の娘を持たなかった。

「同じ歳の私が妻を迎えたのだから、そなたもどこぞの姫を迎えたらどうだと勧めたら、顔を真っ赤にしていたではないか」

からかうように言われ、五百重は我知らず頬が赤らんだ。

「主上は私などのような下位の者とは異なりまする。主上の御子の一日も早いご生誕を我ら廷臣一同は一日千秋の想いでお待ち申し上げておりまするゆえ」

うつむいて言うと、帝の声が先刻より間近で聞こえた。

「そなたはもう廷臣ではない。私の妃だ」

ハッと顔を上げると、すぐ前に帝の気配があった。

「そなたのこれからの務めは私の子の誕生を待つことではない、私の子を生むことが妻たるそなたの役目であろう」

「――主上、それはできませぬ」

「何故?」

畳みかけるように問われ、混乱の気持ちが眼尻に涙を押し上げる。

眼裏を優しい従兄の笑顔がよぎっていった。

――良能さま。

溢れ出した涙が白い頬を流れ落ちる。

「泣くな。そなたを哀しませるのは本意ではない。別に苦しませようと思っているわけではないのだ」

帝は溜息を吐いた。五百重を抱き寄せようと伸ばした指先は躊躇いがちに引っ込めた。衣ずれの音が聞こえ、元の場所に戻ったのだと知れる。

五百重が思わず安堵したような表情をしたのに、帝は面白くなさそうだ。

「正直に申さねばならぬことは他にもある。成清への想いを隠していたことだ」

「――」

話が妙な方向に行き始め、五百重の不安はいっそう大きくなる。

「主上、もうそのお話は――」

か細い声で懇願するように言っても、帝は譲らない。

「いや、聞いてくれ。今宵はその話をしたくて、そなたをここに呼んだのだ」

こうまで言われて、臣下の身でどうして逆らうことなどできよう。

「私にとっては長く苦しい恋であった。むろん、最初は私もそなたへの気持ちが恋だとは思わなかったし、認めたくもなかった。何しろ、そなたが男だと私は端から信じて疑ってもいなかったのだ。巷だけではなく、公卿や僧侶の中にも衆道といって男同士の色恋に走る輩もおるとは聞くが――、少なくとも、自分はそのような鬼畜にもおとる真似はすまいと思った」

帝は大きな息を吐き、首を振る。

「だが、そなたと離れてから、私は考えを改めざるを得なくなった。人を愛するということは、男同士だとか、そのような性別には全く拘わりのないことなのだ。私は成清、男としてのそなたではなく、藤原成清という一人の人間を愛したのだ。そなたが男だから愛したわけではない」

そこで口をつぐみ、帝は自嘲するような笑みを刻む。

「とはいえ、他人には私の主張は到底受け容れられるものではない。もし仮に他人が今の私と同様のことを申せば、私は心の中でその者を外道だと蔑むだろう。私は自分の心を他人に知られるのが怖かった。その癖、心はそなたを狂おしいほど求めている。そなたと離れている月日が長くなれば長くなるほど、忘れるどころか、恋しさは募った。そなたが男だとしても、眼が不自由だとしても構わない。

一度で良いから逢いたいと何度も大臣《おとど》に頼んだのだが、憐れな息子を他人の目に触れさせたくはないと拒まれた」

そう、父はずっと五百重を用無しだと世間から遠ざけてきた。五百重はそのために生きながら死んだも同然の日々を余儀なくされたのだ。

帝はそのことを判って、言っているのか――。

「そなたには済まぬことをした、成清。私は一生かかっても償い切れぬほどの罪を犯してしまった」

「主上、そのことならば、いつかも申し上げたように、私は臣下として当然のことをしたまでと思うております。私は物心ついたそのときから、臣下たる者は――殊に皇室と深い縁のある藤原の家に生まれた者はいざとなれば我が身を楯として主上をお守りするのだと教えられて育ちました」

それは心からの言葉であった。身体に障害が残ったことは我が身の宿命だった。あの時、五百重が庇わなければ、もしかしたら、帝が今の自分と同じような境遇に陥っていたかもしれない。それは考えるだに、怖ろしいことだ。

帝が今もお健やかでいらせられるのだから、あの時、自分が咄嗟に取った行動はけして間違いではなかったのだと思える。

「このようなことを申せば、言い訳にしか聞こえぬであろうが、あの時、花を手折ろうとしたのは、そなたのためだったのだ」

「――?」

五百重がその意味を計りかねていると、帝が笑った。

「内裏に暮らしていれば、美しい花は見慣れている。しかし、あの露草はこれまで見たことがないほどきれいだった。誰も見ぬ場所でひっそりといじらしく咲いているあの花が私には成清、そなたのように思えたのだ。何としてでも取ってやりたくて手を伸ばした。——何の運命の悪戯なのであろうな、私がずっと男だと思い込み、恋い慕ってきた成清は実は可憐な姫だった。私はそなたが女人であることも知らず、十二年間、悩み続けてきたというわけだ」

再び気配が近寄ってきて、温かな手が五百重の手に重ねられた。帝に手を重ねられたまま、五百重は身じろぎもできない。

「かと申して、私のしてしまった罪が許されるものではないことは判っている。だからこそ、傍に置いて一生慈しんでやりたい。いや、罪滅ぼしなどではない。私自身の心がずっとそなたを求めてきたのだ」

大きな両手で小さな手を包み込まれる。

「——好きだ、成清」

その瞬間、五百重は帝の手を振り払い、後ずさっていた。

「お気持ちはありがたく存じますれど、私は主上の御意にはお従いできませぬ。どうかこの儀ばかりはひらにお許し下さいませ」

「礼など要らぬ。好きだと惚れた女に告げて、礼を言われる男ほど間の抜けたものはない」

帝の声は硬かった。

五百重はうなだれた。

何を、どう応えれば良いのだろう。どう自分の気持ちを説明すれば、帝は納得してくれるのだろうか。

いや、言えるはずがない。五百重の心は、ただ良能だけを求めているのだから。何をどう言おうと、結局、帝の気持ちを受け容れられないことに変わりはない。

「どうかお許し下さいませ」

五百重は両手をつかえ、頭を垂れた。自分にできるのは、ただこうして帝に許しを乞うことだけだ。

「そなたがそうまで私を拒む理由は何だ？」

五百重の背筋をヒヤリと冷たいものが走る。

「それは」

応えられない。五百重は再び込み上げてくる涙を堪え、瞳をまたたかせた。

帝の手が顎にかかると、クイと持ち上げられる。先刻とは比べものにならないほどの荒々しさだ。

「何を考えている？」

「――」

五百重が咄嗟に視線を揺らすと、帝はフッと乾いた笑いを零した。

「良能のことか」

危うさを孕んだ静けさに心を切り裂かれそうだ。

「そなたが私に靡かぬ原因など、訊かずとも判っている。良能を忘れられぬのであろう」

次の瞬間、五百重は強い力で引き寄せられていた。呆気なく帝の逞しい胸に倒れ込んだ五百重を、帝は圧倒的な力で抱きしめ、腕に閉じ込める。

「お、お放し下さいませ！」

五百重は狼狽して、懸命に抗った。

一瞬、帝の手がほんの少し緩んだ。

「そなたは私を嫌いか？」

顔を覗き込まれて問うのに、五百重は首を振る。

「いいえ、主上のことは臣下として何よりも大切にお思い申し上げておりまする」

その応えが帝の理性の最後の糸を絶ち切ってしまったことに迂闊にも五百重は気付かない。

「そのようなことを訊ねておるのではないッ！　私が訊ねているのは、男としてどう思っているのか、好きなのか嫌いなのかということだ」

烈しい声は抑えがたい怒気を孕んでいる。

五百重はあまりの剣幕に身を竦めた。

「――私には、判りません」

「自分の気持ちが判らないだと？　そなたはこの私を愚弄するか？」

幼いときから、主君として見てきた帝を殊更異性として意識したことなどないのだ。男として好きなのかと言われても、応えようがない。

「本当に判らないのです。考えたこともありませんし、どうお応えして良いのかも判らないのです」

震えながら、ようよう口にした。

――怖い。

五百重は小刻みに身を震わせた。初夏だというのに、まるで真冬のように身体が冷たい。身体中が粟立ち、寒くてたまらなかった。

「成清、私の気持ちを受け容れてくれ。そなただけを見つめ、苦しい想いに耐えてきたのだ。良能のことなど忘れろ、いや、この私が忘れさせてやる」

再び強く抱きしめられた。首筋に生温かい息を感じ、膚が総毛立つ。

前結びにした帯が解かれる音が聞こえ、五百重は眼を一杯に見開いた。

「いやっ、やめて」

泣きながら懸命に抵抗する五百重の両手を片手で一纏めにすると、帝は悠々と帯を解いてゆく。衿許が荒々しく開かれ、ひんやりとした夜気に触れた素膚が更に鳥肌立った。

そっと乳房を包み込まれ、やわらかく揉まれた。帝の手は次第に遠慮をなくし、愛撫は乱暴になってゆく。円を描くように捏ね回され、尖った先端を軽く引っかかれると、妖しい震えが身体の芯を駆け抜けた。

「お願いでございます、お許し下さいませ、お許し下さい」

五百重はそれでも泣いて抗った。

――良能さま、良能さま。助けて下さい。

春の陽溜まりのような笑顔が懐かしくてたまらない。

恋しい男を思い出した途端、五百重の中に言いようのない嫌悪感が湧き上がる。

――私はいや。良能さま以外の男には指一本でも触れられたくない。

「いやーっ」

五百重は叫び声を上げ、精一杯の力で帝の胸板を押した。

急に烈しい抵抗を始めた五百重に愕き、帝が一瞬手を放す。その隙に、五百重はすかさず拘束しようとする腕から逃れた。

五百重は夢中で御帳台から出ようとする。

「こいつめ」

苛立った帝が咄嗟に足払いをかけ、五百重は呆気なくよろめき、転んだ。不自由な方の右脚を強く打ちつけてしまい、燃えるような痛みが走った。

「――痛い」

五百重は右脚を押さえて、涙を零した。

何故、帝はこんな酷い仕打ちをするのだろう。自分が何をしたというのか。幼いときから心を込めてお仕えしてきた、その結果がこれなのか。

あまりの情けなさに、涙が溢れて止まらなかった。

「どうした、脚が痛むのか」

帝が心配そうに五百重を見る。元々、優しい気性の人なのだ。

「済まぬ。不自由な方の脚をぶつけてしまったのだな」

帝の手が伸び、五百重の右脚にそっと触れる。

「少し捲るぞ」

声がしたかと思うと、夜着の裾が捲られ、温かな手が宥めるように脚を優しく撫でた。

「——いや！」

五百重が悲鳴を上げ、身を捩ろうとする。

その瞳には烈しい怯えが浮かんでいた。

「案ずるな。今は何も致しはせぬ」

穏やかな声音で言い、なおも脚を撫で続ける。しかし、五百重は震えながら、帝から逃れようと後退した。

そのあまりの怖がり様に、帝が手を放した。

瞬時にその端整な面が強ばり、蒼褪めた。

「五百重、私は何もせぬと言ったはずだ。そなたは、私には指先で触れられるのもいやだと、それほどまでに私を嫌うというのか？」

剣呑な沈黙が二人の間に落ちる。

帝がわざとらしい長い溜息をついた。

「そなたがそこまで私を拒み通すというのであれば、私も言おう。良いか、一度しか申さぬ。そなたの大切なものを守りたいと思うのなら、これ以上、強情を張らぬ方が良いぞ」

「——主上、それは、どういうことでございましょうか？」

五百重がハッと顔を上げた。

「恋しい男を守りたくば、素直に私に抱かれよ」

最早、五百重は声も出なかった。

私が主上の意に逆らえば、その咎が良能さまにまで及ぶというの——？

良能は帝の懐刀とさえいわれる側近の中でも筆頭格の朝臣ではないか。それに、主従の間柄とはいえ、帝には従兄にも当たる。

その良能を殺すというのか？　たかだか女が靡かなかったという、ただそれだけの理由で生命を奪うというのか。

四つのときに母が亡くなり、三年前には母代わりであった乳母が亡くなった。そして、ひと月前には、たった一人の妹が死んだ。

もう、これ以上、大切な人を失いたくない。

五百重は抱き寄せられるままに、帝の腕の中に倒れ込む。抱き上げられ、褥に転がされても、もう抗いはしなかった。ただ壊れた人形のように虚ろな眼を天井に向けていた。

帝は五百重の緩んだ帯を解き、前をはだけたかと思うと、夜着を剥ぎ取った。深く唇を結び合わせながら、大きな手が五百重の身体中を這う。敏感な胸の突起を掠められると、意思に反して華奢な身体がびくびくと震えた。

跳ねる身体を押さえつけ、帝は五百重の身体を丹念に愛撫した後、今度は胸の桃色の突起を口に含んだ。それでなくとも揉みしだかれて尖った突起を舐められ、舌でころがされると、言いようのない感覚が身体中を走る。

戸惑いと嫌悪感の中にかすかに混じるその感覚が何なのか、五百重はまだ知らない。

乳房に手と口で十分な愛撫を施しながら、帝は茘枝の白い実を思わせるすべらかな太股に手を這わせる。その秘められた奥の狭間に触れられた刹那、五百重の身体がまた大きく跳ねた。

「――もう、許して」

涙ぐんで訴える五百重の頬に宥めるようにそっと触れ、帝は躊躇わず更に奥へと手を伸ばす。指先を挿し入れられ、五百重の唇から掠れた悲鳴が洩れた。

熟れた花芯を捏ねられる度に、切ない喘ぎ声が洩れてしまうのを自分でも止められない。自分でさえ触れたことのない場所を暴かれ、指でかき回され、死んでしまいたいほどの羞恥を憶えた。初めは一本だった指は次第に二本、三本と増やされ、初めて触れられるその箇所を押し広げられるように弄られる。

その度に、灼けつくような、ひりつくような痛みを感じて、涙が溢れる。

だが、その次の痛みはその比ではなかった。

両脚をこれ以上は開けないほど大きく開かされ、帝の両肩に乗せるように言われ、五百重は不安に瞳を揺らしながら訊ねた。

「な、何をなさるのですか？」

「大丈夫だ。別に酷いことをするわけではないから」

安心させるように言い聞かせられ、五百重が少しだけホッとしたその時。

どくどく脈打つ熱塊が奥に押し当てられ、五百重は愕いて腰を浮かした。

すかさず上から押さえつけられ、一挙に固いものに刺し貫かれる。

「い、痛い――!!」

「力を抜くんだ。そんなに締めつけては、全部挿らない。そなたは初めてなのだから、余計に自分が辛くなるだけだぞ」

全く意味の判らない科白を耳許で囁かれても、言葉だけがただ素通りするだけだった。

「――ぁあぁっ」

少しずつ反応を確かめるように進んでいた帝が最後にひと息に最奥まで熱塊を打ち込んだ。

いつもなら、どのようなかすかな音も聞き取って眼の代わりをしてくれる耳も、今は全く用をなさなかった。烈しい動揺と恐怖、そして痛みのあまり、何が何やら判らない。

ただただ下半身を断続的に遅う激痛を堪え切れず、大粒の涙を零すだけだ。

何故、自分がこんな酷い目に遭わねばならないのだろうか。

帝の御身を庇うために光を失ったことも、右脚が不自由になったことにも悔いはない。だが、こんな風に辱めを受けるのは耐えられない。

痛みに涙を流している五百重の胸の先端がキュッと上から押される。

「あっ?」

五百重の身体がピクンと跳ね上がり、その拍子に彼女が帝を締めつけたらしい。その途端にいっそう強い痛みが襲ってきて、五百重は涙ながらに訴えた。

「痛くてたまらない。もう、止めて。お願いだから――」

「済まぬ、気持ちが良いのは私だけなのか?」

だが、言葉とは裏腹に、帝は何故か嬉しげな表情だ。

「——！」

こんなにも痛くて、涙を堪えられないほど辛くて苦しい。しかも、五百重はさっきから痛いと訴えているのに、平然とそんなことを口にする男の神経が信じられなかった。

「五百重——」

帝が愛しげに彼女の名を呟き、その乱れた髪を撫でた。

「眼を開けて私を見てくれ」

涙と愛撫で潤んだ彼女の瞳を、帝は恍惚と魅入られたように見つめた。

「もう離さぬ。他の男には絶対に渡さぬ」

帝は掠れた声で呟く。

五百重の乳房はこぶりだが、形が良い。痛みさえ感じる執拗な愛撫によって、その可憐な薄桃色の蕾は尖ったままだ。

帝がその突起をもう一度指でつまみ、力を込めると、五百重がまた声を上げながら奥で帝自身を締めつける。

ほどなく五百重の胎内でひときわ大きく膨張した熱塊が弾け、熱い液体が迸った。

五百重の奥で快感が残り香のように弾け、その度にか細い身体に漣のように震えが走る。

その妖しい感覚の正体を知らぬまま、五百重はあまりにも烈しすぎる情交に意識を手放したのだった。

逃亡

五百重は床の中でもう幾度めになるか判らない寝返りを打った。

帝の寝所に初めて召されてから、はや半年。

帝は夜毎、五百重を夜の御殿に呼んだ。閨の中では無口で控えめの帝には似合わない強引な愛撫が続いた。

普段の帝は至って真面目な、どちらかといえば思慮深い青年だが、ひとたび褥を共にすると、別人のように豹変する。

今朝もまた陽が高くなる頃まで、しつこく抱かれていた。その上、昼過ぎにはまた思い出したように五百重の許を訪れ、一刻ほど奥の寝所に二人きりで籠もった。

帝が清涼殿に戻ってから、樟葉が粥を持ってきたが、食欲などあろうはずもなかった。

「女御さま、少しでもお召し上がりにならなければなりませんよ」

入内した五百重はその居所を登華殿に与えられたことから、〝登華殿女御〟と呼ばれる。だが、樟葉にまで〝女御さま〟と呼ばれることが耐えられなかった。

「欲しくないと言ったでしょ。それに、私をそんな風に呼ぶのは止めて」

身体がだるくて、熱っぽい。いつもなら、五百重が声を荒げることなどまずないのだが、意に添わぬ生活は彼女の神経をすり減らせ、極限にまで追いつめていた。

床の上に起き上がろうとしても、その気力すらない有様だ。昨夜からつい今し方も含めて、帝は五百重を六度も抱いた。帝の妃となるまで、五百重は男女の交わりといったことについては全く無知であった。奥手の彼女ですら、帝の自分への寵愛が尋常でないのは判る。

無垢だった五百重の身体を帝は容易く変えた。帝は五百重と同じ十七歳だが、十歳で最初の妃を迎えて以来、既に数人の女御・更衣を持っていて、そういった経験は豊富であったらしい。

女体を知り尽くした帝の手によって、いとも他愛なく変えさせられた自分の身体もまた、五百重にとっては厭わしかった。初夜で経験したあの未知の感覚――男の指に触れられる度に身体中を駆け抜けた妖しい震えがそも何であったのかは直に知れた。

帝の手が、唇が膚の上を辿る度に、そこに小さな焔が灯る。小さな焔はやがて一つの大きな焔となり、五百重の身体をとことんまで灼き尽くす。帝の手が五百重の身体に点してゆくのは、官能という名の焔であった。

闇の中で五百重は帝の言うなりにならねばならない。どんな格好でも命じられれば、いやとは言えない。死ぬほど恥ずかしいのに、羞恥に身悶えているというのに、身体だけは敏感に反応し、それが帝をいたく満足させている。

そんな自分自身もその身体も穢れ切ったもののように思え、いやでたまらないのに、まるで蝶が燃え盛る焔に絡め取られたかのように、帝の愛撫に翻弄され、灼き尽くされてしまう。

夜通しの飽きることのない荒淫の果てに待っているのは、たとえられないほどの空虚さであった。

――生きてさえいれば、いつか必ず逢える。

良能は別れ際に言った。でも、こんなに穢れ切った身体で、どうして彼の人に逢えるだろう？　今の自分には、もうあの男《ひと》に合わせる顔がない。

想いに沈む五百重を気遣わしげに見ながらも、わざと明るい声音で言う。

「姫さま、少し起きてご覧になりませんか？　お庭の椿が綺麗ですよ」

五百重は白い夜着一枚きりだ。どうせ朝起きて五つ衣を着つけても、帝が気紛れにやってくれば、またすぐに脱がされてしまうのだ。

それに、床の上に起き上がることもできないほど弱っているのに、着替えるなんて土台無理だろう。

「椿が幾ら綺麗に咲いていたって、私には関係ないでしょう。私は何も見えないのよ」

まるで駄々っ子のように言う五百重に腹を立てる風もなく、樟葉は微笑む。

「そんなことを仰らず、さあ」

樟葉は半ば強引に五百重の腕を引っ張って起こすと、肩から衣を羽織らせた。

御簾を巻き上げ、蔀戸を開けると、庭が一望できる。前栽の向こうに、紅色の椿がたわわに花をつけて真冬の風に揺れていた。

師走の身を切るような寒風が吹き込んできて、五百重はかすかに身を震わせた。

「寒いわ、樟葉」

「さようでございましょうとも」

我が意を得たりとばかりの樟葉の声に、五百重は眼を瞠った。

「それは、どういうこと？」

「姫さまは以前、私にこう仰っていたではございませんか。たとえ眼は見えずとも、膚で風の冷たさを感じ、鼻で自然の香りを嗅ぐのだと。木の葉の音、風の音ならば、耳で聞くことができる。そうやって季節のうつろいを感じ取ることは、即ち心の眼で物を見るのだから、光を失ったとしても、少しも哀しくはないと仰せでございました」

　ここで、樟葉の口調が心もち強くなった。

「姫さま、確かに姫さまは椿をご覧になることはできませぬが、ほれ、この通り、姫さまがかつて仰っていたように心の眼でご覧になることができまする」

樟葉が一輪の椿を袂から取り出し、五百重の手に握らせた。

「触れて下さいませ。きっと姫さまのお心の眼に艶やかに咲き誇る椿が映ることにございましょう」

五百重がおずおずと手を動かす。

ほっそりとした茎や真紅の艶やかな花片にそっと触れてゆく。

「――樟葉、私は大切なことを忘れていた」

ややあって、五百重がポツリと呟いた。

クシュンと小さなくしゃみをするのを見て、樟葉が慌てる。

「とは申せ、真にお風邪を召されては一大事ですわ。さあ、もう、床の中にお戻り下さい」

樟葉に手を引かれ、ゆっくりと褥に戻る。樟葉は御簾を降ろし、蔀戸を元どおりに閉めてから戻ってきた。

「そうよね、私には心の眼がある」

たとえ身体だけは帝の前に投げ出さなければならないのだとしても、心だけはちゃんと保っていれば良い。心の瞳だけは曇らせず、どんなときにでも自分らしく生きてゆけば良い。

五百重の脳裡に、雪に埋もれて花開く水仙の花がありありと甦る。雪中花とも呼ばれる、凛とした気高い花だ。

こうなることは最初から判っていたはずだ。良能との約束を守り、どんなことがあっても生きると覚悟を決めたときから、今の状況は予め予測できた。帝の妃となれば、いかなる命であろうと、それを拒むことはできないのだと。どのような辱めを受けても、黙って堪えねばならないのだと。

良能と二人で並んで眺めた、あの花。

あの日、初めて求愛され、良能の気持ちを知った。恐らく五百重の十七年間の生涯の中で最も幸福だった日だ。

どうして、あの花を、あのときの気持ちを忘れていたのだろう。これからは、哀しいとき、辛いときには、あの花を思い出すことにしよう。そうすれば、少しは立ち上がり、生きてゆく気力も湧いてくるに違いない。

本当にあの男とまた逢えるのかは判らない。更に、これだけ他の男に抱かれた五百重を、良能が穢らわしいものだと思わないかどうか、昔のように愛してくれるかどうかも不安だった。

それでも、良能もまた五百重が帝に抱かれるのを覚悟で、生きていて欲しいと言ったのだ。今は、その男の言葉を信じるしかない。

想いに沈んでいた五百重が突然、口許を手で押さえた。

「ううっ」

五百重は突然、襲ってきた猛烈な吐き気に堪えられず、その場に蹲った。

「姫さまっ」

樟葉が駆け寄り、その背中をさする。

「いかがなされました？　姫さま」

頑固な吐き気はしばらく五百重を苦しめ、漸く治まった。

「姫さま、もしや、この吐き気はこれが初めてではないのではございませんか？」

樟葉には何もかも見抜かれてしまう。五百重は小さく頷いた。

「おかしいの。数日前くらいから、ずっとこの調子なの。どうしたのであろう。樟葉、私は、何かの病気なのであろうか」

樟葉の表情は固かった。見えない五百重にも樟葉が何事か思い悩んでいるのが判る。

「もしかして、樟葉、私はやはり病気なの？」

物心ついたそのときから、樟葉は五百重にとっては姉であった。その樟葉がここまで深刻に悩んでしまうのは、何かの重い病なのかもしれない。

「最初は胃の調子が悪いだけかと思ったのだけれど、なかなか治まらなくて」

「それで、食欲もなかったのでございますね？」

樟葉の声が心なしか震えている。

「樟葉、どうしたの？　泣いているの」

五百重は起き上がると、いざって樟葉の方に行った。

「どうした、何で泣いておるのじゃ？」

五百重は恐る恐る手を伸ばし、樟葉の頬に触れた。樟葉の頬がしっとりと濡れている。

「やはり、泣いている！　どうしたの、何ゆえ、泣いていてるの？」

「お優しい姫さま」

いきなり樟葉が抱きついてきて、五百重は笑った。

「おかしい、いつもは樟葉が私をこうやって抱きしめてくれるのに」

五百重が笑っていると、樟葉は鼻を啜りながら言った。

「姫さま、ご無礼を承知でお訊ね致しますが、月のものが最後にあったのはいつでしょうか？」

「何ゆえ、そのようなことを訊く？」

五百重は頬を赤らめながらも、記憶を手繰り寄せた。元々、聡明な姫の割には、そういったことには無頓着だ。やはり、生まれたときから十歳になるまで、男として育てられたせいもあるのだろう。

もっとも、五百重が初潮を迎えたのは十三歳のときで、既に〝姫〟として日々を送るようになっていた。

「確か四月ほど前だが」

「——四月も前にございますか！」

悲鳴のような樟葉の声に、当の五百重は呆気にとられた。

「申し訳ございませぬ。私が迂闊にございました。お側にいながら、もう少し気をつけていればよろしゅうございました」

樟葉の声がまた震えている。

「どうしたの？　また泣いている」

「さりながら、お歓び申し上げて良いものかどうか」

樟葉の言葉は今一つ、腑に落ちない。いつもなら、はっきりと物を言う彼女にしては稀有なことだ。

「姫さま、お心を落ち着けてお聞き下さいませ。姫さまはもう直、赤さまをお生みになるのでございますよ」

「——赤ちゃん？」

きょとんとした表情の五百重を見て、樟葉が泣き出した。

「ご懐妊にございます。主上のお胤を宿されたのです」

「そんな！」

五百重は首を振った。

「そんなことがあるはずがない」

御仏がそこまで無慈悲な仕打ちをなさるはずがない。五百重が辛い日々に耐えているのは、いつか恋しい男に逢うためだ。なのに、この上、好きでもない帝の子を宿すだなんて、そんな酷い試練を下されるはずがないではないか。

「樟葉、お願い、嘘だと言って」

五百重の眼から大粒の涙が流れ落ちた。

樟葉に縋り付いて泣きじゃくる五百重の背を撫で、樟葉は慰めるように言う。

「まだ判りませぬ。しかと決まったわけではございませんが、四月もの間、月のものがなかったのなら、恐らくは」

元々、五百重は月のものが来るのは順調だった。ひと月に一度は必ず決まって来ていたものが四ヶ月もの間、なかった――。しかし、十歳まで男として育ってきた五百重には、そういった方面の知識が殆どないに等しかった。

どうして気付かなかったのか。

五百重は自分のあまりの無知と稚さを恨めしく思った。

すすり泣く五百重を痛ましげに見つめていた樟葉が懐から一通の書状を取り出す。

しばらくの逡巡を見せた後、思い切ったような表情でそれを五百重の手に握らせた。

「姫さま、これを」

「これは、何？」

「三位中将さまからのお文にございます」

「良能さまからの？」

五百重が弾かれたように面を上げ、樟葉の方を向いた。

「お願い、読んでちょうだい」

「畏まりました」

樟葉は頷くと、巻紙状になったその文を開く。

紅のぼかしが入った薄様の美しい和紙に流麗な手蹟で〝今宵、参る　良能〟とだけ書かれていた。

五百重は良能からの文を胸に抱き、はらはらと涙を零した。

「そなたは、これを良能さまから受け取ったのか？」

いいえ、と樟葉は首を振る。

「直接、お文を頂戴したわけではございませぬ。私は蔵人頭さまよりこれを渡されました。蔵人頭さまもまた、三位中将さまよりこれを預かったと仰せにございました」

蔵人頭――と、五百重はその顔を思い出そうとするが、生憎と記憶になかった。もっとも、五百重が〝藤原成清〟として宮仕えしていたのは、もう七年も前のことだ。当時と今の蔵人頭が同じ人物だと限らない。

「今の蔵人頭は、どなたであったろう」

樟葉に問うと、樟葉は小首を傾げながらも応えた。

「清原本成《きよはらもとなり》さまにございます」

「ああ、それでは私がいた頃の蔵人頭とは違うな」

五百重がよく知る蔵人頭は、やりは藤原氏の一族で藤原某とかいう中年の男だった。

蔵人所というのは重要な部署で、蔵人は常に帝に近侍し、帝の意を廷臣たちに伝えたり、また逆に廷臣たちの上申を帝に伝える役目を果たす。いわば帝と廷臣たちの意思疎通を図るパイプ役で、身分は四位、五位相当でさほどに高くはないが、帝と密接な繋がりを持つため、憧れの役職とされていた。実際、蔵人所の長官である蔵人頭を務めた後は、参議、中納言、大納言と順調に出世してゆく者が多い。

今は参議に任ぜられている良能もかつては蔵人頭を務めていたこともあった。

が、五百重が宮中を退く直前に蔵人頭の地位にあったのは、例外的に印象の薄い、良く言えば大人しく、悪く言えば、冴えない男であった。

それも昔のことゆえ、もう名前も思い出せない。

清原家は学者の家柄で、藤原氏とは姻戚関係もない。代々の当主は文章寮《もんじようのりよう》に勤め、文章博士を輩出してきた名家だが、公卿としての地位は高くはなかった。今の当主本成は例外的に才走った男で、出世には無欲で学問さえしていれば幸せといった父や祖父とは違う。

立身栄達にも意欲的なため、〝清原家の変わり種〟とさえ呼ばれていた。

「そういえば、確か清原本成さまと良能さまは昵懇であった」

五百重の思考は目まぐるしく回転する。

幼いときからの遊び仲間でもあり、長じてからも互いによく行き来している。それは、他ならぬ良能自身から聞いた話でもあった。

仮にあの不幸な事故がなければ、帝と五百重もまた良能と蔵人頭のように無二の得難い友人としての関係を続けていられただろうか。

五百重はそう思うと、余計に哀しくなる。

女御としての地位も、なみいる妃たちの中で一番の寵愛も要らなかった。そんなものは欲しくなかった。

ただ、帝とはずっと強い信頼で結ばれた友であり主従でいたかった。

「姫さま」

返らぬことを思い、打ち沈んでいた五百重の耳を樟葉の声が打つ。

「折角のお文ですが、今は余計な証拠となるものは一切残さぬ方がよろしいかと存じます」

樟葉の言わんとしていることはすぐに判った。五百重が良能の文を渡すと、樟葉は手焙りの中に手紙を投げ入れ、すぐに火をつけて燃やした。

紙の燃える音と匂いに、五百重は泣きそうになる。樟葉が傍らで励ますように言った。

「そのような哀しいお顔をなさいますな。今夜にはお逢いできるはずにございますよ」

「でも、樟葉。良能さまご本人がここにおいでになられるのは、あまりにも危険ではなくて?」

万が一、帝から夜のお召しがあれば、どうすれば良いのか。帝はあまたの妃がありながら、目下のところ、五百重ばかりを毎夜のように召している。

五百重の心配を見抜いたのか、樟葉が声を低め、耳許で囁く。

「蔵人頭さまは主上のなさることは大体、ご存じでいらっしゃるはずです。恐らく、主上の今日一日のご日程も把握した上で、中将さまに今宵が好機だと知らせたに相違ございませぬ。私が拝察しますに、今宵は姫さまではなく、どなたか別の女御さまが夜伽をなさるご予定なのではないでしょうか」

「――樟葉」

五百重がたまらず樟葉に取り縋った。

嬉しさと不安が渦巻く。

果たして、そう上手くゆくものだろうか。

それに――、五百重には大きな気がかりがある。顔を曇らせる五百重の様子を見た樟葉が五百重の肩を優しく抱いた。

「大丈夫でございますよ」

「さりとて、このようなときに懐妊が判るだなどと――。私は結果的に良能さまを裏切る罪を犯してしまった」

「中将さまをお信じになって下さい。きっと、何もかもが上手くゆきます」

不思議だ。樟葉にそう言われると、本当に大丈夫なような気がしてくる。まるで幼い子どもが母親に「大丈夫よ」と言われて、安心するようだ。

それから夜までの時間の何と長かったことだろう。これほどまでに刻の経つのが遅く感じられたことは、いまだかつてなかった。

夜更けになった。

樟葉の目論見は見事的中した。その夜に限って、帝からのお召しはなく、淑景舎《しげいしゃ》（桐壺）の更衣が呼ばれたとの報が伝えられた。

内裏は夜の闇に包まれ、登華殿もひっそりと静まり返っている。女房たちもあらかたは眠りについたと思われる頃、五百重の部屋の戸をひそやかに叩く者がいた。

「様子を確かめて参ります」

その夜は眠らず五百重の傍に控えていた樟葉がすぐに立ち上がった。

几帳の向こうから、低い声が聞こえる。どうやら、話をしているようだ。

ほどなく樟葉が戻ってきて、五百重の耳許に口を寄せる。

「蔵人頭さまにございます。もし、こちらに差し支えがなければ、すぐにも中将さまをお連れするとのことにございます」

五百重が頷くと、樟葉はまた戻ってゆく。

五百重は眼を瞑り、端座していた。

心ノ臓がトクトクと音を立てる。

ああ、御仏よ。本当に、罪深き私が良能さまにお逢いしても良いのでしょうか。

あの方は私を許して下さるのでしょうか。

長い間、待ったような気がしたけれど、実際にはほんのわずかな間だったろう。

几帳が揺れたかと思うと、すぐ傍らに人の気配がした。

「――良能さま？」

「五百重」

二人はどちらからともなく抱き合った。

涙が堰を切ったように後から後から溢れてくる。久しぶりに逢ったのだから泣くまいと思っても、涙は止まらなかった。

しばらくは互いに言葉もなかった。

良能が唇を重ねてくる。五百重もそれを素直に迎え入れた。

狂おしいほどの口づけは、良能がどれほど五百重を求めていたかを物語っている。舌を挿し入れられ、絡められる深い口づけも、帝と膚を合わせているときのような嫌悪感は全く感じない。

だが、帝に抱かれることに抵抗を感じながらも、五百重の身体そのものは帝の愛撫に素直に順応し、歓びを表している。それは、はやり良能への裏切りといえるだろう。

そう思えば、五百重は我が身がこうして良能の腕の中にいる資格があるのかどうか判らなくなってしまう。

「五百重、私に顔をよく見せて欲しい」

間近で言われ、五百重は顔を上げた。

これほど見えないことをもどかしいと思ったことはなかった。

——良能さまのお顔が見たい。

五百重もまた手を伸ばし、指先で良能の顔に触れた。

「何とあなたは美しくなったのだ、姫」

良能が息を呑むのが伝わってくる。

が、五百重はそう言われて、ハッと伸ばした手を引っ込めた。

自分は、そんなに変わったのだろうか。普通なら、大好きなひとから綺麗になったと賞められれば、嬉しいに違いない。しかし、今の五百重には少しも嬉しくなかった。むしろ、眼の前が真っ暗になったようだ。

この七ヶ月間、五百重というまだ咲かぬ花は、固い蕾から大きく艶やかに花開いた。だが、その花を開かせたのは良能ではなく、帝だった。

五百重には良能からそれを指摘されたようで、哀しかったのだ。

「良能さま、私はそんなに変わってしまいましたか?」

涙を堪えて訊ねると、良能もまた感じるものがあったようだ。

「済まない、心ないことを言ってしまった。五百重、私はただ、あなたがあまりにも綺麗に大人びたので、少し愕いてしまっただけなのだよ」

良能は優しく言うと、宥めるように五百重の髪を手で梳いた。

「姫、私と共に来てくれ」

突如として発せられた言葉に、五百重は潤んだ瞳をまたたかせた。

「それは――」

良能が苦渋に満ちた顔で言う。

「一度は諦めようと思った。あなたを連れてここから逃げたとしても、所詮、逃げ切ることは難しいだろう。万が一、追っ手の追捕を受ければ、私だけでなくあなたまでが殺される。愛しい女を到底、そんな目には遭わせられないと思った。だが、もう我慢できない。主上があなたを腕に抱く光景を想像しては、醜い嫉妬と妄想で毎夜、気が狂いそうになるのは耐えられないのだ」

　そこで良能がフッと笑う。

「こんな私をあなたは嗤うだろうね」

　五百重は首を振った。

「良能さま、私は良能さまとなら、この世の果てまでも参ります。たとえそのために生命を棄てても、覚悟はできております。でも、私は、ご一緒できません」

「それは何故？」

「私は途方もない大きな罪を犯してしまいました。最早、私は昔の私ではないのです。これだけ汚れてしまった私では、あなたにはふさわしくない」

　五百重の眼から涙がひと粒、ほろりと転がり落ちた。

「あなたに罪を犯させたのはこの私です。私にあなたを守り抜く強さがあれば、こんなことにはならなかった。あなたが謝ることはない。すべては私の弱さが招いたものです」

　五百重は泣きながら良能の胸に顔を押しつけた。

「あなたは何も恥じる必要はない。あなたの眼を見れば、私にはすぐに判る。どれだけ綺麗に美しくねびまさろうと、あなたの瞳は昔と変わらず少しの曇りもなく澄んでいる。あなたは少しも変わってはいませんよ、姫。大丈夫、私の言葉を信じて下さい。私はあなたが幼い頃から、ずっと見てきました。あなたは童のときから変わらず、賢くて優しくて我慢強い、そして泣き虫だ」

良能の言葉が心に滲みる。たったこれだけの言葉で、五百重の心の傷が癒やされてゆく。

「泣き虫は余計です」

五百重が涙を拭いながら言うと、良能は小さな声で笑った。

「ほら、すぐそうやってお怒りになるところも変わらない。やはり、私のよく知る五百重だ」

「良能さまったら」

五百重が頬を膨らませると、良能がやわらかな頬をそっとつついた。

「やっと姫が笑った」

その時、五百重は漸く気付いた。良能が泣いてばかりいる自分を何とか笑わせようとしていたことに。

やはり、良能は優しい。

「さあ、急ごう。話はこれから幾らでもできる」

良能に促され、五百重は立ち上がる。しかし、本当に宮中《うち》から脱出できるのだろうか。

不安を訴えるように見上げた五百重の手を良能が強く握った。

――大丈夫だ。

もし、五百重の眼が見えていれば、良能は眼でそう語りかけていたに相違ない。

二人が几帳をかき分けて出てくると、樟葉が立ち上がった。

小声で話してはいても、自分たちの話はすべて聞こえていただろう。五百重が樟葉の方に眼を向けると、樟葉が五百重を抱きしめた。

「姫さま、お行きなされませ」

「馬鹿なことを言わないで。樟葉、そなたも共に行くのよ」

「いいえ、姫さま。私までがご一緒しては、かえって怪しまれまする。私は今宵はつい深酒をして眠ってしまった。それゆえ、姫さまが狼藉者にさらわれてしまったのも気付かなかった。そういうことになっております」

「駄目、絶対に駄目。主上はお優しいけれど、一度ご自分を裏切った者には容赦がない。もし、そなたが私を逃したとお知りになれば、そなたは、ただでは済まない。それが判っていながら、そなたを一人ここに残してはゆけない！」

五百重が泣いて、樟葉に抱きついた。

「それに、姫さま。お二人の恋路を邪魔するほど、私は無粋ではございませんのよ。――どうか姫さま、お達者で。無事、逃げおおせるのを心よりお祈りしております」

最後の科白は口早に言い。

樟葉は五百重の身体を良能の方に押しやる。

「中将さま、これは侍女でも乳姉妹《ちきょうだい》でもなく、姫さまの身内としてお願い申し上げます。どうぞ姫さまをお守り下さいまし、そして、今度こそ幸せにして下さい」

「ああ、判った。必ず幸せにすると約束しよう」

良能が頷き、五百重の手を取る。

「さあ、ゆこう」

その時、待ちかねたように部屋の戸が開いた。

「おい、三位中将。久方ぶりの逢瀬なのは判るが、幾ら何でも良い加減しないと、まずいぞ」

初めて見る蔵人頭清原本成は長身の、なかなかの男前であった。〝清原家の変わり種〟と呼ばれるのも頷ける。文官ではあるが、武官と言っても通りそうなほど、精悍な風貌をしている。およそ学者とは縁遠そうな青年である。

「ああ、判っている。では、後は頼んだぞ」

良能は小さく笑うと、片手を上げた。

「委細承知」

そう言ってから、今度は五百重に丁重な口調で言う。

「姫君。ご心配には及びません。すべては我が妹が上手くやってくれるでしょう」

その言葉の意味が判らぬ中に、良能に手を引かれて歩き始めた。

後に五百重は本成の妹育子が後宮に上がり、帝の妃の一人であることを良能から聞かされた。この育子こそが、その夜、帝の夜伽を務めた淑景舎、つまり桐壺の更衣であった。

その夜、育子は帝に御酒をしきりに勧め、帝もまた機嫌良く盃を重ねた。普段の帝であれば、前後不覚になるまで酔うことはないのに、何故かその日に限って酔いが回り、早々に眠りについた——。

「姫さま、元気な赤さまをお生み下さいませね」

別れ際、樟葉が近寄ってきて、耳許で囁いた。

「樟葉——」

五百重の眼に新たな涙が湧く。

良能は廊下から自分が先に庭に降り立ち、次いで五百重を抱き下ろした。

幸いにも、今夜は月もない闇夜である。魔物や魑魅魍魎が棲むという深い闇が二人を隠してくれる。

後ろを幾度も振り返りながらも、五百重は良能に手を引かれて逃げた。

宮中の庭は広い。篝火の焔も四方までを照らすことはできず、深い闇が溜まった場所はそれこそ、本当の魔物でも出てきそうだ。

二人の姿は直に闇に吸い込まれた。

樟葉は二人の姿が見えなくなるまで、その場に立ち尽くしていた。


その翌朝。

登華殿は、俄にこれまでにない緊迫感に包まれた。帝の寵愛を一身に集める登華殿女御がその夜の中にいずこへともなく姿を消したのである。

女御五百重に付いていた女房の樟葉が帝直々に呼ばれ、そのゆく方について審問を受けた。だが、幾ら問いただされても、樟葉は「存じませぬ」の一点張りであった。

昨夜、樟葉は寝酒に少しと思って酒を呑んだ。だが、つい呑み過ごしてしまい、いつしか熟睡してしまったのである。目ざめたときは既に朝で、慌てて女御の様子を見に寝所に入っていったときには、既に女御の姿は雲か霞のようにかき消えていた――。

これが、樟葉の言い分であった。

「そのようなたわけた言い訳が朕《わたし》に通じるとでも思うのか？　三つや四つの童でもあるまいに、女御が声も立てず、そう易々と曲者に攫われるはずがない。予め、そなたらが示し合わせて画策した逃亡に相違ない」

帝は暗愚ではない。ここに来る前に、かつての五百重の恋人藤原良能が今日は無断欠勤しているのをもちゃんと把握していた。樟葉の証言が嘘であると端から見抜いているのだ。

「そなたは五百重の乳姉妹だと聞いておる。大方、そなたがあれを逃がしたのであろう。五百重が朕を嫌っておったのは、誰よりそちが知っておったろうからな」

帝が顎をしゃくると、傍に控えていた蔵人が剣を恭しく捧げ持ってくる。

「まあ、良い。幾ら逃げても、五百重は朕のものだ。いずれ、取り返してやる」

帝が剣を抜く。清涼殿の庭に引き据えられていた樟葉は、ハッと顔を上げた。

帝が剣を握ったまま、階《きざはし》をゆっくりと降りてくる。日中の陽光に刃がギラリと鈍い光を放った。

またたきもできぬほど、わずかの間の出来事であった。振り上げた刃が降ろされ、樟葉の身体が血《ち》飛沫《しぶき》を上げながら、音を立てて地面に転がった。

「主上、なりませぬ、なりませぬぞ！」

回廊を蔵人頭清原本成が色を失って駆けてくる。

「何ということを。主上、落ち着いて下さりませ」

本成は丁度、別の用件で帝の傍を離れていて、事の次第を知らなかったのである。

もし知っていたら、このような最悪の事態は避け得たはずだった。

「そちも口のきき方を憶えた方が良いな、蔵人頭。幾ら朕の信頼が厚いとはいえ、あまり出すぎた物言いはせぬ方が身のためだぞ」

帝が無表情に言い、更に刃を振り上げた。

「不届き者の首は、河原に晒してやれば見せしめにもなろう」

本成は我が身の危険も顧みず、両手をひろげて帝の前に立ちはだかる。

「これ以上はなりませぬ。主上、既に事切れております。死人に鞭打つようなことをなさるべきではございませぬ」

帝がジロリと本成を一瞥し、刀を地面に放った。

「そちは藤原良能とは無二の友だそうな。そちが女御逃亡に手を貸したと断言できる証がないのが残念だ」

立ち去り際、帝が本成に向かってペッと唾を吐き捨てた。

それでも、本成は足早に立ち去る帝に深々と敬礼する。

帝の姿が回廊の向こうへ消えたのを見届けてから、本成は物言わぬ骸となった女の傍に立った。

血の海の中に、樟葉は倒れ伏していた。

その表情には苦悶は見られず、むしろ、自分の身にその一瞬、何が起こったのか判らないといったような表情で事切れていた。

本成は見開いたままの瞳をそっと閉じさせ、自らの直衣を脱いで、血まみれの亡骸に掛けてやった。

——許して下さい。

本成は手を合わせ、しばし黙祷を捧げる。

帝がこれほどまでに怒りを露わにしたことは、かつて一度たりともなかったことだ。癇性なところはあるが、常日頃から物静かで自分の感情をあまり表に出す方ではない。ましてや、怒りや一時の激情に任せて、無抵抗な女房を手討ちにするようなことは断じてなかった。

何がこれほど若き帝を猛り狂わせたのか。

帝が登華殿女御に執心していることは周知の事実ではあったが、よもやここまでとは思ってもいなかったというのが正直なところだった。

本成は、親友である良能から五百重の数奇な生い立ちを聞かされて知っている。かつて廟堂において将来を嘱望されていた少年、当時の内大臣藤原秀能の子息藤原成清こそが五百重の仮の姿であったということも。

成清がその頃から帝の学友であり、大のお気に入りであったことも知っている。

成清こと五百重は十歳の時、帝を身を呈して庇って、一生癒えぬ傷を負った。その時点で、〝藤原成清〟は永遠にいなくなった。

帝が五百重にそこまで惹かれるのは、幼時からの五百重との複雑な拘わりにあるのだろうか。

確かに美しい娘ではあった。何と言っても堅物で知られる幼なじみが主君である帝から奪い取ろうとするほど惹かれているのだ。

やはり、並の姫ではないのだろう。

良くも悪くも、自分はそこまで一人の女に入れ込んだことがないので、その辺りの心境はよく判らない。

本成は今日はこの花、明日はこの花と気ままな蝶のように女たちの間を渡り歩くのが日常だ。恋の駆け引きに手慣れた内裏の女房たちと後腐れのない束の間の情事を愉しんでいれば十分だった。

彼にとって関心があるのは、いかにして出世してのし上がるかということだけ。学者肌でおよそ出世や政には関心示さない清原家一族の中では、自分が途方もない俗物だと思われているのも知っている。

そんな彼がひとめ惚れし、この女ならば妻にしても良いかもしれない——と初めて思わせた女が樟葉だった。他人のために、女主人のために自らを犠牲にしようとした女の潔さ、優しさに柄にもなく心動かされたのだ。

だが、樟葉は、もういない。

本成は込み上げてきた熱いものを呑み下し、空を振り仰ぐ。

冬の空は、薄蒼く、いかにも寒々として見えた。

そして、この日を境に、愛する女を失った帝は次第に狂気の世界へと脚を踏み入れてゆくことになるのだった——。

夢のまた夢

その頃、五百重が乳姉妹に起きた不幸を知るはずもなく。

良能と五百重は洛北の大原野に身を寄せていた。本成の別邸が大原野にあり、そこにしばらくは身を潜めることにしたのだ。

大原野は五百重にとっては、あらゆる意味で縁のある土地だ。七年前、成清だった五百重は大原野まで遠乗りに出た帝の伴をして、この地を訪れた。そして、崖から落ちそうになった帝を庇い、瀕死の重傷を負った。

あの瞬間から、〝成清〟の運命は一転した。

その因縁のある地に帝から逃れて身を隠すことになるとは、これもまた宿縁とでもいうものがあるのだろうか。

だが、ここにも長くはいられないのだと良能は言った。

「主上は勘の鋭い方だ。既に本成が我らの逃亡に与《くみ》したことに薄々は気付いておられるだろう。ここに手が回るのも時間の問題だろう」

別邸に着いてから数日経ったある日のことだ。

別邸には使用人らしい使用人はいない。本成が子どもの頃から、この別邸の管理を任されているという老夫婦が住んでいるだけだ。

この夫婦は子がなく、本成を実の孫のように可愛がっており、口も固いし信用できるとの話だった。

朝、老妻の方が炊きあがったばかりの粥を作った。五百重はここに着いてからというもの、ずっと具合が悪く伏せっている。

吐き気が烈しくて、何も食べられない日が何日も続いていた。食べなくても吐き気は断続的に襲ってくる。しまいには涙眼になって吐き続けても、出るのは酸っぱい唾液ばかりになった。

満足に食べられないので、床の上に起き上がることもできない。

老婆は曲がった腰を手で叩きながら、粥の入った鍋を持ってきた。

横たわったままの五百重を見、老婆は眉をひそめた。

「幾ら気分が悪くても、少しは食べないと、腹のお子が育ちませんよ?」

その言葉にギョッとなったのは何も五百重だけではない。枕辺にいた良能が勢いよく顔を上げ、老婆を唖然とした顔で見返す。

「旦那さまも奥さまに甘いのは結構ですけど、少しくらいはお食べになるように言わなくちゃ駄目です。出産っていうのは、それでなくとも体力勝負ですからねえ。私しゃ、子どもを生んだことはありませんけど、長く生きてりゃア、色んなことを見聞きしてきました。年寄りの言うことには耳を貸すものですよ」

老婆は、初めから悪阻で苦しむ五百重が身籠もっていることを知っていたのだ。五百重の腹の子の父が良能であると信じて疑っていないのも無理からぬことではある。

老婆が粥を置いて下がった後、良能が木匙で掬った粥を甲斐甲斐しく五百重の口許に運んだ。

その刹那、五百重は背を向けた。

「五百重、少しは食べなければならぬ」

か細い背中が震えている。泣いているのだと判った。元々細いのに、食べなくなってから、ひと回り以上も痩せた。

「少しでも食べなさい。日名《ひな》もあのように申しておったではないか。食べねば、腹の子も育たぬぞ」

日名というのは、老婆の名前である。

五百重が涙声で言った。

「どうして何もお訊きにならないのですか?」

「何を訊ねる必要があるというのだ」

穏やかな声音が返ってきた。

「私は、良能さまを騙していたのですよ」

背を向けたままの格好で五百重が言う。

「そなたが私を騙したりするはずがない。いや、百歩譲って、そなたが私に真実《まこと》を言えなかったのだとしたら、それはよほどの理由があったからだろう」

「――何故、そんなにお優しいのですか」

泣き出した五百重の肩に、そっと温かな手のひらが乗せられる。

「五百重」

良能が呼びかけると、五百重が身を起こした。

「ごめんなさい。逃げる前に言うべきでした。あなたに余計な荷物を背負わせてしまうことになるのだもの。ちゃんと伝えてから、一緒に逃げるべきだったのです。ここに着いてからも、何度もお話ししようとしたのですけど、どうしても言えなかった。こんなことを言って、嫌われたら、どうしようと思って。本当に何とお詫びしたら良いか判りません」

涙が次々に溢れ出し、頬を濡らす。

良能は、手を伸ばして、そっと五百重の頬を流れる雫を拭った。

「子どものことをそんな風に言うのは止めるんだ。余計な荷物だなんて、もう二度と私の前で口にしないでくれ」

「でも、この子は」

言いかけた五百重の唇に良能の人さし指が当たった。

「何も言うな。そなたの子であれば、私の子だ。可哀想に、五百重はとても辛い想いをしたのだな。もう心配はない、これからは怖い想いや辛い想いは二度とさせない。そなたのことは私が守る」

「良能さま」

良能の言葉が今は何より嬉しい。

五百重は良能の腕の中でいつまでも泣き続けた。

温かな涙が心を溶かしてゆく。

傷ついた身体と心を優しく癒やしてくれる。

今年の春――良能から思いがけず想いを打ち明けられたときも、五百重は良能に抱かれて泣いた。

あのときも、凍えてしまった心が春の雪解けのように跡形もなく消えた。実の父親から役立たずの娘と見放され、屋敷の片隅で厄介者扱いされながら生きてきた日々も、哀しみもすべてが流した涙によって溶けていった。

良能といると、五百重はいつでも癒やされた。どんな辛いこと、いやなことがあっても、この男とならば生きてゆける。

五百重は頼もしい男の言葉を聞きながら、心からそう思えた。


更に幾日かを経た。

その日、清原家の別邸に予期せぬ来訪者があった。

「よく来てくれたな」

良能はやはり親友の顔を見て嬉しげに顔を綻ばせた。清原本成は五百重と良能にとっては生命の恩人ともいえる。

五百重もまた歓迎したが、それにしては本成の声の沈んだ響きが気になった。

日名が茶菓を出して下がっていったのを見届けるようにして、本成が袖から錦の小袋を取り出すと、五百重に差し出した。

「姫君、これをお届けに参りました」

「これは何でございますか？」

五百重が良能の方に眼を向けると、良能が頷いた。

「開けてごらん」

良能の言葉に、五百重は渡された巾着を開く。手探りで取り出したものを手のひらに乗せると、手触りを確かめるように触れる。

「――髪の毛にございますね？」

五百重の中で何か嫌な予感がした。

「髪の毛？　そなた、一体、何でこのようなものを持ってきたのだ」

傍らの良能が愕いたように訊ねるのに、本成が頭を下げた。

「済まん。俺の落ち度だ。詫びて済むものではないが、もし、そなたが俺を切り棄てて気が済むものなら、それでも構わぬ。そうしてくれ」

「お前――、何を言っている？」

良能が当惑顔になっている傍で、五百重は唇を震わせた。

「蔵人頭さま、もしや、この髪は樟葉のものでは？」

本成が五百重に向かって、更に深々と頭を下げる。

「さよう、お察しのとおりです。何もかも私に任せてくれと良能どのには大言を申しておきながらの、この体たらく。大切な乳姉妹どのをお守りできなかったのは、すべて私のせいにございます。どうか、いかようにもお気の済むように私を罰して下さい」

「――樟葉」

五百重は、今はたったひと房の髪となってしまった樟葉を胸に抱きしめた。

やはり、置いてくるべきできなかった。

――姫さま、今度こそお幸せに。

――元気な赤さまをお生み下さいませね。

別れ際の樟葉の言葉が今更ながらに思い出される。

あの時、樟葉は既に死を覚悟していたのだ。

帝が五百重の逃亡の真実を見抜かぬはずがないと。それに気付いた帝が樟葉を生かしておくはずがないと。

知っていながら付いてこなかったのは、多分、足手まといになりたくなかったからだろう。

二人でも逃げ切るのは難しいのに、この上、三人、しかも女を二人も連れていては、良能も難儀するだろう。恐らくは、そこまで考えて自ら残ることを決めたに相違ない。

それでも、最後まで笑っていた樟葉――。

「樟葉、ごめんね。許して、樟葉」

五百重は樟葉の髪を頬に押し当て、号泣した。

樟葉の様々な顔が駆けめぐってゆく。

時には本気で叱られたこともあった。

眼が見えなくなった直後は、樟葉の布団で一緒に何度も眠った。最初の頃は、まるで自分だけが闇の中に取り残されたようで、心細くて淋しくてならなかった。

夜、悪夢にうなされて目ざめることもしばしばあり、その度に隣に眠る樟葉が五百重を抱きしめてくれた。

——大丈夫ですよ、姫さまには、この樟葉が付いていますからね。

優しくあやしながら、五百重が眠るまでずっと子守歌を歌い続けてくれた優しい乳姉妹。

しばらく経って漸く暗闇に慣れてきた頃、今度は自棄になっていた五百重に〝心の眼〟を教えてくれたのも他ならぬ樟葉だった。

そう、良能からの文が届いた日、やはり自棄になりかけていた五百重を庭先に導き、諭してくれたように。

あの時、五百重はまだ十一歳の春だった。

やわらかく身の傍を吹き抜ける風に当たらせ、地面に散り敷いた薄紅色の桜の花びらに触れさせ、樟葉は言った。

——眼は見えなくても、姫さまにはお鼻もお口も、お耳もおありではございませぬか。見えないものは感じれば良いし、触れれば良いのですよ。見て触って匂いを嗅いで、そうすれば、自ずとそれがどのようなものかお判りになるでしょう。

――そうね、樟葉。たとえ私は眼が見えなくなっても、膚で風の冷たさを感じ、鼻で自然の香りを嗅ぐことができる。

五百重はその時、自分が閉じ込められた果てのない闇にひとすじの光が差したように思った。

〝心の眼で見る〟ことを教えてくれたのは樟葉の方だった。なのに。

こんなにも早く逝ってしまうなんて。

「許して、樟葉」

――また、大切な人を失ってしまった。

誰も彼もが自分を置いて逝ってしまう。

お願い、もう誰もいなくならないで。

私を一人にしないで――。

五百重の心の叫びを感じ取ったように、泣き続ける五百重を良能がそっと引き寄せる。

二人を見る本成の双眸にも光るものがあった。

本成が静かな声音で言った。

「できるだけ早くここを発った方が良い。主上が検非違使を洛内だけでなく、洛外へまで遣わして、そなたらのゆく方を探している。あのお怒りは尋常ではない。万に一つ、見つかれば、二人共に生命はないだろう。ここに追っ手が来るのもそう遠くはなかろう。敢えてゆく先は訊かぬが、何としても逃げ伸びてくれ。そなたらのために生命を賭けたあの乳姉妹のためにも、けして捕まらないで欲しい」

本成は心を残しながらも、その日の夕刻には帰っていった。

そして。

その日の夜の中に、清原家の別邸から良能と五百重の姿がまたしても忽然と消えた。


不思議なもので、新しい年になっただけで、陽の光がやわらいできたような気がする。春を待ち侘びる人の心が思わせるのか、まだ真冬ともいえる如月の半ば頃でも、太陽の光は随分と春めいてきたように感じられる。

春はまだ先だけれど、京の洛南宇治のとある小さな川の畔には蕗のとうがちらほらと見える。

宇治川の支流の一つであるこの川の水は清く澄み渡り、川魚がよく獲れる。川辺にどっかりと腰を下ろし、釣り糸を垂れる良人の傍で若い妻が良人の手許を覗き込んでいる。

「旦那さま、どんな具合にございますか？」

妻——五百重は二十三になっていた。

逃れようにして大原野を出て以来、実に六年の歳月を経ている。

夫婦《めおと》となった良能と五百重が落ち着き先として選んだのは宇治であった。都を出て地方で暮らすことも考えたのだが、都で生まれ育った身には地方へゆくことはやはりできなかった。

愚かな未練といえるかもしれない。が、その未練が生命取りになることもなく、日は無事に流れた。

翌年、五百重は女児を出産し、二人で眞樟《まくず》と名付けたこの娘を育てながら、慎ましく暮らしている。

良能は近くの尼寺に寺男として働いている。小さな庵に住むのはもう齢七十は近い老尼で、元は国司の奥方であったらしい。良人が浮気ばかりしているのに辟易し、一人息子が成人してから後は、ここに庵を結び隠遁生活を送っているのだと聞いた。

良能は庵からほど近い仕舞屋から毎日、通いで仕事に行っている。

「旦那さま、尼寺で働かせて頂いているお方が殺生をなさっては、まずいのではありませんか」

五百重が笑いながら言うと、良能は肩を竦めた。

「理屈ではそうであろうが、せめて魚でも釣らねば、今夜の食べ物がない。たくさん釣れたから、今夜の夕飯は豪勢になるぞ。まっ、御仏もこれくらいは、お慈悲で許して下さるだろう」

家族三人で暮らす家は至って粗末な代物だ。藁葺き屋根のひと間しかない家だが、五百重にとっては、十七年間生まれ育った寝殿造りの豪壮な屋敷にも勝る我が家であった。

愛する良人と可愛い娘に囲まれ、日々が穏やかに過ぎてゆく。これこそが、五百重の望んだ幸せだった。

「ととさま、かかさま～」

振り返ると、一人の少女が勢いよく駆けてくる。いや、まだ少女というよりは童女と呼ぶ方がふさわしい。

「ととさま、お魚、釣れた？」

眞樟は魚籠《びく》を覗き込むと、歓声を上げた。

「凄い、たっくさん釣れてる」

「かかさま、今夜は豪勢ねえ」

眞樟の口調は父親そっくりだ。

五百重は吹き出しながら、良能の方に顔を向ける。

「あの口調は、旦那さまそっくりですよ」

耳許で囁くと、良能は途端に顔を綻ばせた。

「そうであろうよ。眞樟は俺の娘だからな。のう、眞樟、ととさまに似たら、とびきりの美人になるぞ」

と、眞樟がころころと笑った。

「私は、ととさまよりかかさまに似てる方が良い。だって、ととさまのお髭はチクチクして痛いんだもの。私は大きくなっても、こんなおひげさんは生えないの」

ませた口調で大真面目に言う娘に、五百重と良能は声を揃えて笑った。

良能は眞樟を掌中の玉と愛でている。ここに来てから、良能は髭を生やすようになった。人相を隠すためでもあるのだが、この髭の生えた顔で眞樟をしょっ中、抱きしめては頬ずりするものだから、眞樟はたまらない。

それでも、眞樟もまた〝ととさま〟が大好きで、夜眠るのは〝かかさま〟の布団の中ではなくて〝ととさま〟の方である。

もう眞樟は紛れもなく良能の娘であった。いや、恐らく彼にとっては、生まれる前から眞樟は我が子であったに相違ない。自分の子ではない眞樟を我が子よりも大切に育てようとする良能に、五百重は心からの信頼を寄せていた。

ある夜、良能に抱かれた後、五百重がそのことで申し訳ないと泣いて謝ると、良能は破顔した。

――馬鹿だな。そんなことを気にしていたのか。子どもは授かり物だっていうからな。そんなに気にしなくても良いさ。そなたは、まだ若いんだ。これから子は幾らでも生める。それにな、俺は眞樟がいたら、それで良いんだよ。そなたは眞樟を生んでくれた。俺はそれだけで、そなたに感謝してるんだぞ。

その言葉に余計に泣けてきた五百重を、良能は笑いながら抱き寄せた。あの言葉を自分は一生忘れないだろう。

だが、眞樟の容貌を見ると、この娘があまりにも実の父親に酷似していることに愕然とするときがある。

帝は美しい男だった。良能のように精悍さと優美さをほどよく調和させた端整さというよりは、彼《か》の〝光源氏〟のような、どこか妖しげで退廃的な雰囲気を漂わせた美しさを持っていた。人間的な温かみのある良能の男ぶりに比べ、中性的な――喩えていうなら真冬の凍った月のように寒々とした美貌だ。

眞樟のすっきりと切れ上がった眼許や薄い唇は、まさに帝のそれを写し取ったように似ている。見る人が見れば、眞樟が帝の血を引く娘だとは一目瞭然だろう。

それでも、良能は眞樟の容貌のことなど一切口にせず、我が子として慈しみ育てている。そんな良能に申し訳なくて、五百重は一日も早く良能の子を授かりたいと良能の働く尼寺に願掛けに詣でたりもしていた。

だが、子は一向に授からない。望みもしなかった男に陵辱され尽くした挙げ句、あっさりと身籠もったのに、惚れた男の間には望んでも授からない。

「かかさま、お空が燃えている」

子どもの無邪気な声に、五百重の物想いは唐突に中断された。

川の向こうに日輪が燃えながら落ちてゆく。巨大な太陽は熟した果実を彷彿とさせるようだ。美しいとか見事というよりは、どこか不気味な――禍々しいほど色鮮やかな色で、空もまた同じ橙色に染まっている。

「まあ、お空が燃えているの？　夕焼けね」

五百重が相槌を打つと、ふいに眞樟が飛びついてきた。

「かかさま、怖い」

「怖いって、どうして？　夕焼けが綺麗なのでしょう」

「でも、怖い」

五百重のやわらかな胸に顔を押しつける眞樟を見て、良能が笑い、娘の頭を撫でた。

「旦那さま、眞樟が怯えています。どうしてなのでしょうか」

物問いたげな眼を向けると、良能が説明してくれた。

「うーん、何というか、綺麗すぎるほどの夕陽だな。こんな太陽は確かに滅多とお目にかかったことはない。美しいが、どこか魔性を秘めた女のような」

「かかさま、お空がまるで血の色のようだわ」

眞樟が叫んだ。

その時、五百重の中の記憶があたかも百合の種が弾けるように音を立てて割れた。

そう、私は、これと似たような光景を、禍々しいほどの美しい夕焼けを確かに見たことがある。

恐怖に、怖ろしい予感に身体がわななく。

「夕陽を怖がって震えるなんて、子どもみたいだな」

五百重の怯えを感じ取ったのか、良能が揶揄するように言った。震える肩をそっと抱き寄せられても、身体の震えは止まらなかった。


その夜、良能はいつになく烈しく五百重を求め、抱いた。

五百重もまた良能の愛撫に応え、恋しい男の腕の中で切ない喘ぎ声を上げ続けた。

求め合い、烈しく絡み合い、五百重は何度も頂点に上りつめた。

漸くけだるい静けさが訪れた後、五百重は良人の胸に顔を埋《うず》め呟いた。

「旦那さま、——怖い」

顔を男の裸の胸に埋めているので、声が幾分くぐもっている。

「何故、突然、そんなことを?」

良能が五百重の艶やかな髪をひと房掬い、唇を押し当てた。たったそれだけの行為にも、度重なる愛撫に敏感になった五百重の身体は、燃え尽きた官能の余韻に打ち震える。

まるで男の唇の当たったその部分だけが、熱く燃えてゆくかのような錯覚に囚われる。

五百重は、その日の夕刻に川原で見た夕陽の話に触れた。

「私には見ることはかないませんでしたが、眞樟があれほど怖がるというのも何か普通ではないような気がするのです」

「確かに、不吉に思えるほど美しい夕陽だった。俺もあれほど燃え落ちるかのような日没は見たことがない」

良能の言葉に、五百重はハッと面を上げた。

「燃え落ちる――？　旦那さまは、あの夕陽をご覧になって、そのように思われたのですか」

「あ、ああ。何かなあ、太陽があれほど大きく見えることなどそうそうはないし、巨大な太陽が燃えながら地平の向こうに堕ちてゆくような、そんな感じだった。あれを見て見事だと見惚れるよりは、むしろ不安になるのも、そのせいかもしれない」

「旦那さま、私はずっと昔、あれと同じ夕陽を見たことがあるのです」

「ほう、とすれば、まだ成清と名乗っていた頃の話であろうか」

いいえ、と五百重は首を振る。

「正確に言えば、現実に見た光景ではなく、夢の中で見たのです」

五百重は、いつか見た夢を思い出していた。

そう、あれは異母妹の誠子が亡くなる少し前のこと。

五百重は奇妙な夢を見た。夢の中で、五百重は、まさに燃えながら堕ちてゆく太陽を眼にしたのだ。

あの時、西の空が真っ赤に染まり、熟れた果実を思わせる巨大な日輪が今しも山の向こうへと姿を隠そうとしていた。まるで、人の血を彷彿とさせるかのような禍々しい空の色がどこまでもひろがっている。

あの鮮やかな紅がかった橙色は、まさしく血の色そのものだった。帝を庇って大怪我をした時、成清が流した血の色だ。

「怖い――本当に怖い夢でした。私は夢にうなされて、樟葉に起こされたのです」

そして、その直後に待っていたのは、妹のあまりにも早すぎる死の知らせであった――。

「あの夢は不幸を呼びます。今日、あの夢と似た光景を見たのは何かの予兆なのでしょうか」

五百重が身を震わせながら訴えると、良能は笑った。

「ただの夢だろう。そのように気にすることはない」

それでもまだ小刻みに震える五百重の身体を引き寄せ、良能が耳許で囁いた。

「馬鹿だな、とっくの昔に見た夢のことなんか気にするな。こんなに震えているではないか。夢のことなど、俺が忘れさせてやろう」

睦言のような甘い声で言われ、五百重はもう何も言わず、良人の胸に頬を押し当てた。

再び訪れた烈しい嵐に、身を任せてゆく。だが、次第に烈しくなってゆく良能の抱擁にあえかな声を上げ、やわらかく身をしならせながらも、五百重の波立つ心は一向におさまらない。

何故か、胸騒ぎがしてならなかった。

しかし、五百重の心配をよそに、何事も起こらず日は緩やかに流れていった。

五百重自身、あの日の出来事はやはり偶然にすぎず、良人の言うとおり杞憂にすぎなかったのだと思い始めていた。

如月もそろそろ終わりに差しかかったある朝、五百重は眞樟を連れて川原に出かけた。自生した蕗のとうを摘むためである。

良能は、早朝から近くの尼寺へ出向いている。大抵は朝早くに家を出て、黄昏刻より少し前に帰ってくるのが日課だ。

奉公先の老尼は気品も教養もある女性だが、その割にはざっくばらんな性格で、この近隣に住む民たちからも慕われている。良能は日中は殆ど尼寺に詰めていて、薪割から簡単な炊事までを一人でこなして、老尼からは重宝がられていた。

老尼の息子は既に先立ってしまったが、孫が伊予国の国守をしている。多くの国守の例に洩れず、この男も自分は任地には赴かず、都の屋敷で妻子と共に暮らしていた。

中流貴族たちがこぞって受領になりたがるのは、その実入りの良さが魅力だからだ。下手に名ばかりの名誉職につくよりは、地位は高くなくとも受領になった方が金持ちになれる――というのが当時の貴族たちの常識であった。

そのため、貴族たちは皆、大臣に賄賂を贈って、次こそは自分を豊かな国の国守にして欲しいと願い出る。実際にそうやって受領となり、一財産を築いた者は少なくない。

が、そういった貴族たちは大抵は自らは任地に赴任せず、地方での政はすべて次官の丞に任せることが多かった。

老尼の許にも定期的にこの孫から金子や様々な品が届けられる。従って、悠々自適のこの尼は、良能にも気前よく日当を払ってくれた。

五百重と眞樟は手に手に小さな籠を持ち、熱心に蕗のとうを摘んだ。蕗のとうの実は汁に入れても、酢和えに入れても風味が出る。

良能が好むので、五百重は蕗のとうを砂糖で煮絡めた菓子をよく作った。これは眞樟の好物でもあり、この季節には良人にも娘にも大好評なのだ。砂糖は貴重品であるが、こちらも老尼から少しばかりお裾分けがある。

手探りで探しても十分判るし、蕗のとう独特の香りが漂ってくるので、どこに生えているかは五百重にもすぐに判る。

良能の歓ぶ顔見たさに、ついつい夢中になってしまい、気が付いたときには既に太陽が高くなっていた。

「かかさま、私、疲れちゃった。先に帰っていて良い？」

眞樟の声に我に戻り、五百重は改めて熱中しすぎてしまったことに気付く。

籠はとっくに蕗のとうで一杯になっている。

「判ったわ、気をつけて帰るのよ」

五百重は笑って頷いた。

眞樟が手を振って駆けてゆく。家まではすぐ眼と鼻の先だから、子ども一人でも心配することはない。

両親の愛情に包まれ、眞樟はすくすくと育っている。生まれつき健康なのか、風邪一つ知らず元気そのものだ。幼いながらも、眼と脚の不自由な五百重をよく手伝って、飯の煮炊きや洗濯まで手伝ってくれる孝行娘であった。

世が世なら、眞樟は皇女として暮らしていたはずの娘だ。帝には多くの女御や更衣はいたけれど、まだ御子はいなかった。あれから六年、既に御子は生まれているだろうが、並み居る妃が生んだ大勢の皇子皇女の中の一人として禁裏で暮らすよりは、父と母の愛を一身に受けて育つ方がよほど子どもにとっても幸せというものだろう。

そのときだった。

軽やかな蹄の音が彼方から響いてきて、五百重は何げなく顔を上げた。

見えない眼を動かし、誰かが来たのかと様子を窺う。

この辺りを訪れる人は滅多といない。良能の働く尼寺までゆけば、人家もちらほらと見かけられるのだが、それでも住む者といえば皆、その日暮らしの農民ばかりだ。

もっとも、宇治には貴族の別邸が点在している。風光明媚なところなので、時折訪れるために屋敷を構えているのだ。別邸ゆえ、普段は人気もなく、管理を任されている使用人がわずかに暮らしているだけである。

だが、そういった貴族の別荘は、少なくともこの界隈にはないはずだ。良能は用心には用心を重ねることはないと言い、自分たちの顔を知る可能性のある貴族の住む別邸には絶対に近づかなかった。

むろん、それは五百重も眞樟も同じだ。

眞樟にも貴族の別荘のある辺りには近づいてはいけないと厳しく日頃から言い聞かせている。

馬に乗るのは貴族やそれに仕える武士たちに限られている。間違っても、庶民が乗るものではない。

五百重は不安に駆られて、まなざしを揺らした。

一体、何者がこんな辺鄙なところまでわざわざやって来たのだろうか。もしや自分を知る者だとしたら——？

都を出て、既に六年の年月を数えている。当時は都を騒がせた女御失踪の事件も既に風化して久しい。風の噂によれば、あれからしばらく帝は検非違使などを総動員して五百重のゆく方を探させたものの、見つからずじまいになった。

結局、帝が寵愛する登華殿女御のあまりの美しさに心奪われた鬼が女御を攫った——などと、実に非現実めいた作り話が流布して、あたかも真実であるかのように語られることになった。

魑魅魍魎が実在すると信じられていた当時、この噂はあながち作り話だと一笑に付されることはなかった。都人《みやこびと》は帝の愛妃がその色香ゆえに鬼に魅入られ、攫われてしまったのだと本気で信じ込んでしまった。

その話をどこからか聞き込んできた良能は笑っていた。

——それでは、俺はさしずめ、美しい女御さまを攫った不届きな鬼ということになるのだな。

が、他愛ない噂も六年経った今では昔の語りぐさとなっている。

都には大勢の人々が暮らし、日々、様々な事件が起こる。六年も前に失踪した一人の女のことなど、最早、人の口の端にも上らなくなっていた。

とはいえ、それで安心できるというものではなかった。帝の執念深い性格を五百重はよく知っている。だが、よもや帝の御身であられる方が一人でこんな都外れまでおいでになることはあるまい。

蹄の音は次第に近付いてきて、五百重の前で突如として止まった。

馬を宥める男の声がする。その声に、五百重は凍りついた。

聞き憶えがあるどころではない。

「五百重」

二度と耳にしたくない声に六年ぶりに名を呼ばれ、五百重は背中に氷塊を入れられたかのような心もちになった。

何故、主上がこのような場所に?

しかし、考えている暇はなかった。

五百重は身を翻し、走り出す。が、不自由な右脚のせいで、走ることなどできはしない。数歩前に進んだところで、脚をもつれさせて転んだ。

馬に跨った帝が直に追いつき、ひらりと地面に降り立った。

「何ゆえ、そなたは私から逃げるのだ」

五百重は尻餅をついたままの格好で、首を振りながら後ずさる。

――怖い。旦那さま、助けて。

心の中で良能に助けを求める。だが、庵にいる良能が気付くはずはない。

「気に入らぬ。そなたが私を前にするときは、いつも怯えた眼ばかりする」

声が近づいてくる。

いきなり抱き上げられ、五百重は悲鳴を上げた。

「いやっ、いや」

抗う間もなく横抱きにされたまま馬に乗せられた。帝が馬の横腹を蹴ると、馬はひと声いななき、走り始める。

五百重は恐慌状態に陥った。

帝は自分をどこに連れてゆくつもりなのだろう。

あまりの恐怖に声すら出ない。

どれだけ走ったのか、馬が急に止まった。

五百重は懸命に耳を澄ませた。

川の瀬音がかすかに聞こえるが、これは家の近くの小川ではない。もっと大きな流れ——、五百重はハッとした。

ここは宇治川本流の近くではないだろうか。帝は五百重を抱えたまま、軽々と運んでゆく。

ふいに固い木の床に降ろされ、五百重は涙の滲んだ眼を周囲に忙しなく走らせた。

すべての神経を耳に集める。心の眼を開こうとする。定かではないが、恐らくはどこかの貴族の別邸に相違ない。管理を任されている使用人もいないのか、埃と湿った黴の匂いが漂い、無人の屋敷特有の荒涼とした荒んだ雰囲気が膚に伝わってくる。

あまりにも静謐すぎる空間がかえって不気味だった。持ち主がおらぬか、もしくは既に修理する気もないのか、長らく放置されていた屋敷だろう。

五百重は座り込んだまま、帝から少しでも離れたくて、じりじりと後ろへ下がった。

「生憎だな、逃げる場所などないぞ」

帝の笑い声には余裕がある。まるで捕らえた獲物をいたぶるのを心から愉しんでいるかのような口調だ。

帝が徐々に近付いてくる。五百重は、とうとう壁際まで追いつめられた。

急いで立ち上がろうとした五百重の手を帝が素早く掴んだ。抵抗しようとしても、すかさず両手を一纏めにして掴まれてしまい、ろくに身動きもままならない。

持ち上げた格好で両手を壁に押しつけられる。噛みつくように口づけられ、五百重は悲鳴を上げることもできなくなった。

帝は五百重の手を掴み一切の動きを拘束したまま、片手で器用に帯を解いてゆく。五百重が今、着ているのは粗末な浅葱色の小袖だった。

「愚かな女だ、私の側におれば、このような賤《しず》の女《め》のごとき暮らしに甘んじずとも、きらびやかな衣を身にまとえるものを」

腹立たしげに言い、帝は解いた五百重の帯をその場に放り投げ、下の腰紐を緩めた。

乱暴に前を開くと、力を込めて乳房を掴む。六年前にはまだ小ぶりで未成熟だった乳房は、随分とふくよかになっていた。

「フン、よほどあの男に可愛がられたと見えるな」

口汚い言葉を吐きながら、帝は片方の乳房を荒々しく揉みしだきながら、もう一方を口に含んだ。

尖った舌先で舐め、執拗に嬲る。

「――」

五百重の眼から溢れた涙が白い頬をとめどなく流れ落ちる。

豊満な乳房を味わうだけ味わった後、帝はひざまずいた。

五百重は最早、叫ぶ気力も失っていた。

ただ、ただ涙が溢れて止まらなかった。

焦れたように腰紐も解かれ、小袖や襦袢が脱がされるのを他人事のように茫然と感じていた。

一糸纏わぬ姿にされたときには、流石に狼狽えて両手で前を押さえた。丁度、跪いた男の顔の前に下腹部が晒されているのだ。

死んでしまいたいほど恥ずかしかった。

だが、一旦は離れた男の手に再び両腕を掴まれ、押さえ込まれた。一切の抵抗を封じ込められたまま、秘所に指を深く挿し入れられる。

「ぁああっ」

華奢な肢体が弓なりに反る。

指は何本にも増やされ、五百重の秘められた谷間を好き放題に蹂躙してゆく。やがて、指が引き抜かれ、今度は尖った舌先が代わりに突っ込まれた。

「うっ、ああっ、あ」

男の舌が奥深くで嫌らしくうごめく度に、五百重の白い身体はびくびくと烈しく波打った。

「——お願いです、もう、止めて、堪忍して」

五百重が泣きながら懇願する。

「どうして？　気持ちが良いのだろう？」

誘うような、挑発するような笑みが悪魔のように美しい帝の顔に浮かんでいる。

「もう、立っていられない」

五百重が息も絶え絶えに呟いた。

帝が満足げに微笑んだ。思わずハッとするほどの艶めいた微笑だ。五百重の腰を抱え上げ、すんなりとした両脚でしっかりと自分の身体を挟ませると、自らの着衣を乱し、既に猛り狂ったものを女の下腹部に押し当てた。

「——ああっ」

最奥まで躊躇うことなく深々と刺し貫かれ、五百重は眼の前が真っ白になり、一瞬、意識を手放しかけた。

貫かれた最奥に灯った焔が全身にひろがり、やがて彼女を容赦なく灼き尽くす。

身体中を駆けめぐる妖しい震えは紛れもなく歓喜であり、口づけで腫れた唇から洩れ出るのは間違いなく悦びの声だ。

六年前、帝に抱かれていた頃には何なのか判らなかったその感覚を何と呼ぶのか、五百重はもう知っている。男に抱かれた女が悦びのあまり感極まったときに感じる絶頂の波であった。

帝は五百重の膝裏を掬い、抱え上げた。

まるで荷物を運ぶように手慣れた様子で運んでゆく。

自らの直衣を脱いでひろげると、うっすらと埃の積もった床に敷き、その上に五百重の身体を転がした。

帝は自分も衣をすべて脱ぎ捨て、すかさず上から覆い被さってくる。

五百重がかすかに身をよじると、再び両手が万歳をする格好で拘束された。

掴まれた箇所が折れるほどの痛みを訴えている。

「手を放して下さい」

「手を放せば、そなたはまた逃げる。放してやっても、逃げないか？」

かすかな頷くと、帝の手が漸く放れた。

握られた箇所が紅く鬱血している。この分では、跡が残るだろう。いや、腕だけではなく、乳房や胸の谷間、更には太股からきわどい部分まで身体中の至るところに強く吸われた跡が残されていた。

他ならぬ烈しい愛撫の名残だ。

一体、こんな身体でどうやって良人の許に帰れば良いというのだろう。

五百重は絶望の底に突き落とされた。

良能の優しい手が、笑顔が、すべてが懐かしかった。

早く、あのひとの許に、帰りたい。

五百重の心を見透かすかのように、帝が耳許で囁いた。

酷薄そうに歪められた口許は皮肉げに引き上げられ、炯々と輝く双眸には暗い愉悦が宿っている。

女を言葉と身体と両方で嬲ることに、ほの暗い悦びを感じているのか、その色香さえ滲ませた美貌には、憑かれたような狂気に輝いていた。

「幾らそなたが私を拒もうと、そなたの淫乱な身体は私を憶え、懐かしがっているのだ。そなたは、もう私から逃げられない」

帝が何故、ここまで自分を貶め、苦しめるのか判らなかった。あの事故が起こるまで、自分たちは誰よりも強い信頼で結ばれ、身分や立場を越えた友であると信じ切っていた。

一体、自分が見ていたもの、なしてきたことは何だったのだろう。

初めて言いようのない空しさが五百重を支配した。

「随分と探すのにも手こずらせたものだが、伊予守を務める男がそなたの父に知らせてよこしたらしい。このような鄙びた里には似合わぬ品のある美しい女を見かけたそうな」

五百重は唇を噛む。

そういえば、良能が奉公する尼寺で一度だけ、伊予守だという孫に逢ったことがあった——。かれこれもう一年は前のことになるはずだ。

まさか、そんなところから帝に居場所を知られるとは考えておらず、あまりにも迂闊であった。

「太政大臣はそなたが私の寵愛を専らにしながら、遁走したことを随分と嘆いていたからな。早速、私に知らせてきたというわけだ」

五百重は哀しい想いで父秀能を思い出した。役立たずと見なせば、容赦なく切り棄て、利用価値があると見れば、どこまでも利用し尽くそうとする。

今でも父にとって、自分は手駒にすぎないのだろう。ほんの少しでも父が娘として自分を案じてくれていたなら、五百重はこうまで傷つくことはなかったろう。

その時、凛とした声が響き渡った。

「何をしているの、かかさまを苛めないで」

「眞樟!?」

五百重は悲鳴のような声で叫んだ。

これより少し前のこと、母より先に家に帰った眞樟は母の帰りがあまりに遅いのが気になった。念のため、川原に戻ってみても、母の姿は見当たらない。眞樟は嫌な予感がした。

母は眼が見えないし、脚も不自由だ。

もし凶悪な人間や獣に襲われたら、無抵抗な母はひとたまりもないだろう。子ども心に心配して近くを探し歩いていたら、通りすがりに出くわした顔見知りの男が教えてくれたのだ。

——眞樟ちゃん、大変だ。おっかさんが誰かに攫われちまったぜ。

——おじさん、攫われたって、どういうこと?

——この辺りじゃついぞ見かけねえような立派な身なりをしてたなぁ。大方は、都の貴族さまじゃねえか。宇治の別荘まで静養とやらに来た呑気な公達だろうて。眞樟ちゃん、早いとこ、おとっつぁんに知らせな。お前のおっかさんは別嬪だから、眼をつけられたに違いねえ。

人の好い中年の男は、近隣の農民だった。

眞樟は男に礼を言い、母が馬に乗った男に連れ去られたという方角へ向かった。

むろん、五歳の女の子の脚では辿り着けないから、馬を使った。ととさまが眞樟に買ってくれた子馬だ。〝栗駒《くりこま》〟と名付けたこの子馬は眞樟の宝物で、まるで妹か弟のように可愛がっていた。

かかさまは、眞樟はまだ子どもだし女の子だから、馬なんて要らないと言ったのだけれど、眞樟には滅法甘いととさまが買ってくれた。

――旦那さまってば、眞樟に甘いんだから。

かかさまも結局は笑いながら、許してくれた。

最初は乗るだけでもおっかなびっくりだったが、今ではととさまに教わって自在に乗りこなせるようになった。

眞樟は栗駒に跨り、宇治に向けてひた走った。近所のおじさんに言われたようにととさまに知らせに走ろうかとも考えたが、時間が惜しかった。

一刻も早く、かかさまを助けなければ。

その一心で心逸らせ、栗駒を駆けさせたのだった。

「駄目よ、眞樟、来てはいけない！」

五百重は必死になって叫ぶ。振り絞るような口調にも眞樟は頓着せず、帝に向かって飛びついた。

「かかさまを放して」

だが、眞樟の小さな身体はすぐに撥ね飛ばされた。

「ええい、煩いッ」

帝が癇性に叫び、眞樟を突き飛ばしたのだ。

だが、眞樟はぞんざいに振り払われても、何度でもむしゃぶりついてゆく。

「かかさまに悪いことしないで!!」

眞樟の懸命な声が響き渡る。

ついに業を煮やした帝が甲走った声を放った。

「目障りなガキだ」

改めて眞樟を烈しい眼で睨む。

「なるほど、このこましゃくれた子どもが良能の娘か」

帝は抑揚のない声で言った。

「五百重、そなたは帝たる私がこれほどまでにそなたを求めたのに、私を嫌い、私の許から逃げ出した。私は、そなたの何だ?」

黙り込む五百重に向かって、皮肉げに笑む。

「応えられぬか? それでは、代わりに私が教えてやろう。私は、そなたの良人だ。そなたは私という良人がありながら、他《あだ》し男と情を通じ、不義の子を生んだ。この国を統べる私をそなたは裏切ったのだ!! 聞けば、そなたと良能は夫婦気取りで暮らしているそうな。フン、全く笑わせる話ではないか。私から逃げ出したそなたが間夫に抱かれて夜毎身悶え、挙げ句にこのような薄汚れた子どもまでなすとは」

蒼白い焔が帝の瞳で燃えている。

と、眞樟が叫んだ。

「ととさまを悪く言わないで。ととさまは立派な人だわ。おじさんなんか、ととさまの脚許にも及ばないんだから」

「眞樟、それ以上言ってはなりませぬ」

五百重が止めても、眞樟は果敢にも怯むことを知らなかった。

「ほう？　私は、そなたの父にそれほどまでに劣ると申すのか？」

帝が眞樟の身体を思いきり蹴り上げた。

小さな身体が毬のように飛んでゆく。

「眞樟っ？」

五百重が悲痛な声を上げた。

眞樟の身体は床に打ちつけられ、それきり動かなくなった。

帝は眞樟には眼もくれず、再び五百重に襲いかかる。昂ぶった心を抑えかねるように、五百重を烈しく貫き、突き上げた。

両脚を高々と持ち上げられ、下から揺さぶられながら、五百重は大粒の涙を流した。

——眞樟、眞樟。

帝に犯されながら、五百重は涙を流して娘の名を呼び続ける。

どれほどの刻が経ったのだろう。

五百重が一度は手放した意識を取り戻した時、その傍らで帝が眠っていた。

身体の節々が痛み、下腹部に鈍い痛みが残っている。それでも、五百重は床を這うようにして眞樟の許へと行った。

「眞樟、眞樟」

呼びかけても、娘は眼を覚まさない。

「眞樟、眞樟っ？」

五百重は涙を流しながら、娘の身体を揺さぶった。震える手を恐る恐る娘の口許に近づけると、既に呼吸は止まっていた。

「あ――」

五百重は烈しく首を振った。

そんなことがあるはずがない。眞樟が死んでしまうなんて、あり得ない。

五百重は大粒の涙を零し、眞樟の身体を抱えたが、その身体はゾッとするほど冷たかった。最早、この娘の身体から魂がさまよい出たことを五百重も認めないわけにはゆかなかった。

「眞樟、眞樟」

――許さない。

五百重は振り向いた。立ち上がると、不自由な右脚を引きずり、もつれさせながら、やっとのことで帝の傍に戻る。

帝はよほど深い眠りに落ちているのか、一向に目ざめる気配はなかった。

五百重は四方に散らばっている糯袢や小袖、帯を適当に身体に巻き付けてから、床に落ちた剣を手探りで拾った。

母の形見のひとふりの懐剣を手に持ち、その鞘を撫でる。黒塗りの鞘にも柄にも蒔絵で桜花と蝶が施された、優美な剣だ。実際に使うためというよりは、守り刀のような意味合いが強いと聞いている。

だが、飾り太刀というわけではなく、ちゃんと使える真剣だ。

五百重は剣の鞘を払った。キラリと光る刃があたかも見えるような気がする。

震える手で懐剣を捧げ持ち、思いきり高く振り上げる。

——眞樟は、あなたさまのお子だったのです。

実の父が、娘を、殺した。

そのあまりにも苛酷すぎる事実は五百重の心を凍らせた。

哀しみのあまり、もう涙さえ湧いてこない。

怒りを込めて振り下ろそうとした手は、しかしながら、いつまで経っても、動かなかった。

五百重はしばらく懐剣を振り上げたまま、虚ろな眼で宙を見据えていた。

やがて彼女の手が小刻みに震え、懐剣がポトリと転がり落ちる。カランと乾いた音を立てて刃は冷たい木の床に転がった。

できない、私にはできない。

五百重は唇を噛みしめた。もとより、この男が愛しいわけではない。むしろ、いっそのこと殺してしまいたいほど、心の底から憎んでいる。

自分の、良能の人生を滅茶苦茶にした男。

それでも、この男はかつては主君だった。二人並んで学問の講義を受け、他愛ない子どもらしい遊びで夢中になった。同じ時を過ごし、帝と臣下という立場を越えて、この方こそが我が生涯の主、この方のためには生命も惜しくはないと心からの忠誠を誓った人なのだ。

あの頃、こんな日が来るとは考えたこともなかった。一体、どこで運命の歯車がかみ合わなくなったのだろう。

五百重の記憶が次々と巻き戻されてゆく。

帝の住まう清涼殿の庭の樹に二人して上り、老いた典侍《ないしのすけ》に一刻半も説教されたのは、あれはいつのことだったろう。

——そなたは主上のお側にお仕えする自覚があるのか？　主上が万が一にも樹からお落ちあそばされたら、いかがするつもりですか？

専ら厳しい叱責を受けたのは成清だったが、あの時、帝は顔色を変えて典侍に食ってかかった。

——成清は悪くない。朕《わたし》が止める成清に無理を言ったのだ。

確かにそれは事実だったけれど、帝は成清一人に罪を着せたりはせず、謹厳な典侍に抗弁し、成清を庇った。

そんな時代も確かにあったのだ。

かつては生命を賭けた主君、想い出を分け合った友に対して刃を振り下ろせるはずはなかった。

五百重は懐剣をその場に放り出したまま、再び眞檣の許へ戻る。冷たくなった身体をかき抱き、その髪を撫で、頬に自分の頬を押し当てた。

新たに溢れ出た涙が眞樟の頬をしとどに濡らす。しばらく物言わぬ娘を抱いていた五百重は、そっと眞樟の身体を床に横たえた。せめて寒くないようにと自分の小袖を脱ぎ、眞樟の身体に着せかけてやる。

立ち上がった五百重は、ふらつく身体を引きずりながら静かに部屋を出ていった。


気が付けば、五百重は我が家の近くの川原に佇んでいた。

聞き慣れたせせらぎが優しい子守歌のように耳に心地良い。

彼女の予想したとおり、帝が五百重を連れ込んだのは荒れ果てた無人の屋敷であった。

愕いたことに、雑草の生い茂った庭には子馬が繋がれており、五百重はそれが娘の愛馬であると知った。

五百重の姿を認めると、眞樟の死を既に知っているかのように子馬は哀しげに啼いた。

鼻を鳴らしてすり寄ってくる子馬の背を撫で、五百重はその耳許で囁いた。

「お前が眞樟をここまで連れてきてくれたのね。私をいつもの川原まで連れていっておくれ」

馬は返事をするかのように、ひと声いななくと、五百重を乗せて走り出した。五百重は亡き娘の愛馬栗駒に乗って帰ってきたのだった。

眞樟はいつも栗駒を連れてこの川辺に来ては、身体を洗ってやったり水を飲ませたりと甲斐甲斐しく世話していた。

そのことを憶えているのだろう、栗駒はキュルキュルと鼻を鳴らしている。

「最後のお願いよ。私の言うことをよく聞いて、ね？ これから庵主さまの許へ行って、旦那さまに事の次第を知らせてちょうだい。そして、旦那さまを案内して、眞樟を迎えにいってやって欲しいの」

言い聞かせるように言うと、栗駒はまた、ひと声啼いた。蹄の音が次第に遠ざかってゆく。

栗駒は利口な馬だ。きっと五百重の頼みを聞き入れて役目をちゃんと果たしてくれるに違いない。

五百重は涙の滲んだ眼をまたたかせる。

――また、大切な人がいなくなった。

――お願い、眞樟。かかさまを置いていかないで。

その時、見えないはずの瞳に、一人の童女が映った。

――眞樟？

五百重には、ふいに現れたこの子が紛れもない我が子であると瞬時に判った。

たとえ一度も眼にしたことはなくても、母親なら判る。利発げな黒い瞳、涼しげな目許、すべて五百重が自らの手で触れ、確かめた我が子のものだ。

〝眞樟〟と呼んで手を差しのべる。

と、童女が駆け出した。慌てて追いかけると、ふいに眞樟が樟葉に変わる。

樟葉は微笑んで、ありし日のように優しい笑みを浮かべて差し招く。

――姫さま、こちらへおいでなさいませ。長い間、お疲れでございましたでしょう？ 私はいつも、ここから姫さまがどうなさっているか、はらはらしながらお見守りしていたのですよ。お一人で今までよく頑張ってこられましたね。

樟葉が呼んでいる。

眞樟が呼んでいる。

——樟葉、私、もう疲れたの。

樟葉が微笑んで頷く。

——そうでしょうとも、何もかも忘れて、ここにおいでなさいまし。もう、何も姫さまを苦しめるものはここにはありません。怯えたり泣いたりして暮らす必要はないのですよ。

樟葉の声が優しくいざなう。

——さあ、姫さま。こちらにおいでなさいませ。

五百重は差し出された樟葉の手に向かって、ゆっくりと歩いてゆく。水の嵩は次第に高くなり、膝、太股、腰と五百重の身体は水の中に隠れてゆく。だが、五百重はまるで見えない眼に何かを映しているかのように真正面を見据え、躊躇うことなく一歩、一歩、進む。

やがて、川の中ほどまで歩いたところで、五百重の姿は完全に水中に没した。

意識が途切れる直前、哀しげな子馬のいななきが遠くで聞こえたように思ったのは、気のせいであったろうか。

すべてを知った良能の怒りと嘆きは深かった。

五百重の意を受けた栗駒は、あの後、見事に役目を果たしたのである。栗駒に導かれ、良能は自らも馬に跨り件《くだん》の屋敷まで行った。

そこで彼が眼にしたものは、あまりにも悲惨な光景であった。

荒涼とした屋敷の一室で、眞樟が物言わぬ骸となって転がっていた。この屋敷はかつては零落した皇族の別荘だったのだが、持ち主が子のないまま亡くなり、いつしか手入れをする人もいくなって荒れるに任せていた。

何故、眞樟が生命を落とすことになったのか。その疑問はすぐに解消された。

息絶えた眞樟をとりあえず家に連れ帰ってほどなく、隣家の男が訪ねてきたのである。その男は、眞樟に五百重の災難を知らせた農民だった。

男は自分が見たままを良能に話した。五百重が身なりのよい若い公達に攫われ、二人を乗せた馬が貴族の別邸の集まっている方へ向けて走っていったこと。また、眞樟にその話をしてやり、できるだけ早く良能に知らせた方が良いと勧めたこと。

話を聞いた良能は取るものもとりあえず川原へと走った。川原には籠が投げ出され、五百重が摘んだらしい蕗のとうがあちこちに散らばっていた。明らかに、五百重がここで何者かに襲われ、連れ去られた事実を物語っていた。

良能は、すぐさま心当たりをすべて探した。眞樟の亡骸を包んでいたのは、五百重の着ていた小袖だった。粗末な古着ではあるが、良能が乏しい給金から買ってやったもので、五百重はとても気に入っていた。

連れ去られた五百重があの屋敷でどのような目に遭わされたのか、そして、彼の最愛の妻を攫って陵辱したのが誰なのか、良能には大方のところは想像がついた。

隣家の農民から聞いた公達の容貌——この世のものとも思えぬほどの美貌の若い男、更に尋常ならざる眼をしていたという——は、まさに彼がよく知る帝のものだったからだ。

「あの若い公達は、明らかに異常な眼をしてたなぁ。あれは、どう見てもここがイカレちまってるぜ」

隣人は人さし指で自分の頭をつついて見せた。

だが、帝は五百重に異常なまでの執着を抱いている。五百重が辱めを受けることはあっても、殺すようなことはしないだろう。今はせめて、それだけが救いであり、一縷の望みであった。

生きていてくれさえいれば、それで良い。

あの女が傍にいてくれるだけで、良能は生きてゆける。

それにしても、何故、帝は眞樟を手にかけたのだろう。認めたくないことではあるが、眞樟の整った愛らしい顔は、実の父親に生き写しであった。

あの娘の顔をひとめ見れば、自分の子であることくらい判りそうなものを。

最早、そんなことすらも判らないほど、帝の心は嫉妬と裏切られた怒りでどす黒く染まり、狂気に取り憑かれていたのだろうか。

良能はその晩、悶々と一睡もできぬ長い夜を過ごした。心当たりを片っ端から訪ね歩いたものの、結局、妻は見つからなかった。

良能は眞樟の亡骸に寄り添いながら、帰らぬ妻の無事を信じ祈り続けた。せめて五百重が帰ってきてから、眞樟の弔いを出そうと思ったのである。

だが、事態は最悪の方へと動いた。

翌朝、栗駒がやけに騒がしく啼いたため、良能は厩に様子を見にいった。良能の姿を見ると、栗駒はしきりに鼻面を押しつける。

それは、まるで何かを告げたがっているかのようで、良能は訝しみながらも栗駒を厩から出し、放してやった。すると、栗駒は良能を案内するかのように歩き出す。

昨日、栗駒に導かれて宇治の荒れ屋敷に辿り着くことができたのを思い出した良能は、そのまま栗駒の後についていった。

栗駒が彼を連れていったのは、近くの川原だった。

「――！」

川原には変わり果てた妻の姿があった。

栗駒は真っすぐに五百重の傍に歩いてゆくと、その鼻を五百重の身体に押しつけた。

五百重は全身びしょ濡れで、やはり小袖は着ておらず、襦袢一枚だった。

時ここに至り、良能は五百重が川に自ら入ったことを悟った。

――旦那さま、先に旅立つ我が儘をお許し下さい。でも、このままおめおめと生き存えるのは、あまりにも惨めです。私のたった一つの宝だった真樟もいなくってしまいました。これ以上、汚れた身体のまま生きる理由がありません。

良能には五百重の悲痛な声が聞こえてくるようだった。

良能はわななく手を伸ばし、妻の身体に触れた。冷たい。かつて彼の腕の中で仔猫のように甘え、身をすり寄せてきた妻の身体はやわらかく、温かかった。その同じ妻の身体とは思えないほど、冷たく固くなってしまっている。

彼はハッとした。緩んだ衿許から豊かな乳房がかいま見え、その狭間に無数の紅い斑点が散っている。よくよく注意して見れば、胸だけでなく、首筋にも至る箇所にその痣はあった。不吉なほど白い膚に散った痣は、さながら紅い花が開いたようにも見える。その痣が何の痕跡を示すものかは、嫌が上にも想像がついた。

帝は、それほどまでに手酷く五百重を抱いたのだ。

可哀想に、どれほど辛かっただろう。

どれだけ怖かっただろう。

五百重は、きっと自分に助けを求めたに違いない。

だが、妻の必死の叫びは自分に届かず、自分は妻を助けてやれなかった。

そのときの五百重の恐怖と不安を思うと、いたたまれなかった。後悔と怒りで大声を上げて叫び出しそうになる。

許してくれ、五百重。私は今度こそ、そなたを守ると、もう二度と哀しい想いはさせないとあれほど約束したのに、また、そなたを守ってやれなかった。

良能は、冷たくなった妻の身体を抱きしめ、男泣きに泣いた。

早春の風は、まだ冷たさを孕んでいる。

川原に一人の僧侶が佇んでいる。網代笠を目深に被っているため、年の頃や容貌は定かではないが、長身の均整の取れた体軀を墨染めの衣に包んでいる。

僧がおもむろに菅笠を取った。現れたのは涼やかな眼許の、まだ年の頃は三十前後の僧侶である。

若い僧は小さな石の前に跪くと、ひとしきり経を唱えた。

「南無阿弥陀仏」

川原の石と見間違えそうなほどの小さな墓石は、縁《ゆかり》の人のものなのだろうか。熱心に経を捧げた後は、持ってきた水仙の花束を供えた。

――五百重。

良能――今は清祥《せいしょう》と名乗る彼は、心の中でそっと最愛の妻に呼びかける。

五百重の死後、彼は尼寺の庵主の下で剃髪した。あれから半月、清祥は妻と娘の野辺の送りをひっそりと済ませ、この地を去る。

ゆく当てはない。脚の向くまま諸国を行脚して歩き、亡き妻子の菩提を弔ってこれからの余生を送るつもりだ。

逝った妻は、彼にとって生涯の想い人であった。寒さに震えながらも、雪の中で凛として咲く雪中花のような女だった。

清祥は妻の墓に向かってもう一度合掌してから、静かに立ち去った。

まだ浅い春の風に吹かれ、水仙の花がかすかに身を震わせた。

その翌年、禁裏は一時、騒然となった。帝が突如として重臣たちによって廃位されたからである。廃位の理由は病篤しということではあったが、そのような便宜上の言い訳を信じる者は誰一人としていなかった。

帝が健康そのもので持病の一つもなかったことを、皆が知っていたからだ。原因は諸説あるが、一説には常軌を逸した行動が顕著となり、明らかに精神に異常を来したためとも謂われている。

御子はいなかったため、帝にとっては叔父になる先帝の五の宮を父とする十五歳の道平親王が即位した。

廃位された先帝は配流先で崩御、その死の真相もまた謎に包まれ、暗殺説もある。御年、二十七。

（了）

あとがき

郁朋社さんの〝歴史浪漫文学賞〟にはここ数年来、ずっと挑戦してきました。何とか最終選考を通過したいと思い続けて、今年の春、やっと念願が叶いました。でも、朗報を受け取ったときには、まだ信じられなくて、夢を見ているようでした。

江戸時代を舞台にした作品が多い中で、平安時代を描いたこの作品は私の中でも非常に珍しいものです。これを励みとして、これからは更に上を目指して精進していきたいと思います。

前作『しずり雪』に続き、今回も大変お世話になりました郁朋社の社長様をはじめ、皆様、心よりお礼を申し上げます。また、いつも私の創作活動について理解してくれる家族、特に母に、この私の最新作を捧げたいと思います。

ありがとうございました。

東　めぐみ拝

東 めぐみ（あずま めぐみ）

本名鷲峰啓子。十月九日生まれの天秤座。岡山県在住。

京都女子大学文学部教育学科初等教育学専攻卒。

実家の寺院で寺務を担当している。

二十七歳の時、「千姫夢語り」を初出版。

他の著書に「怨念―おんな太閤記」、「花ごよみ」、「千日紅―花ごよみ」、「桜日和―花ごよみ」等がある。

四人の子どもの母として育児に奮戦するかたわら、執筆活動を意欲的に行う。

二〇一三年、第十三回「歴史浪漫文学賞」において、本作品「雪中花～とりかえばや物語異聞～」が入賞候補作として最終選考に残る。

また、二〇〇九年、郁朋社から「しずり雪～夜鳴き蕎麦屋お絹控え帳～」を出している。

雪《せつ》中《ちゅう》花《か》 ―とりかえばや物語異聞《ものがたりいぶん》―

平成二十五年七月三十一日 第一刷発行

著　者　東《あずま》 めぐみ

発行者　佐藤 聡

発行所　株式会社 郁《いく》朋《ほう》社《しゃ》
東京都千代田区三崎町二―二〇―四
郵便番号 一〇一―〇〇六一
電　話 〇三（三二三四）八九二三（代表）
ＦＡＸ 〇三（三二三四）三九四八
振　替 〇〇一六〇―五―一〇〇三二八

印　刷　壮光舎印刷株式会社
製　本

落丁、乱丁本はお取替え致します。
郁朋社ホームページアドレス http://www.ikuhousha.com
この本に関するご意見・ご感想をメールでお寄せいただく際は、comment@ikuhousha.com までお願い致します。

ISBN978-4-87302-565-0 C0093